HISTOIRES DE RENCONTRES

DU MÊME AUTEUR
CHEZ LE MÊME ÉDITEUR

Retour en Irlande
Noces irlandaises
Le Cercle des amies
Secrets de Shancarrig
Gens d'Irlande
Le Lac aux sortilèges
Portraits de femmes
Tout changera cette année
Cours du soir
Sur la route de Tara

Maeve Binchy

HISTOIRES DE RENCONTRES

PRESSES DE LA CITÉ

Titre original : *The Return Journey*

The Return Journey ; The Wrong Suitcase ; Miss Vogel's Vacation ; The Home Sitter ; Package Tour ; The Apprenticeship ; The Business Trip ; The Crossing ; The Women in Hats ; Excitement ; Holiday Weather ; Victor and St. Valentine ; Cross Lines ; A Holiday with Your Father.

ISBN 2-258-05101-0

Sommaire

A mon très cher Gordon, avec tout mon amour

Voyage de retour

Maman chérie,

C'est encore plus vert et plus beau que tu ne me l'avais dit. Tout va très bien. Je t'écris bientôt. Porte-toi bien.

Gina

Freda,

La carte que j'ai écrite hier, c'était pour les voisins. Plus exactement pour calmer ta paranoïa concernant les voisins. Je l'ai envoyée pour que tu puisses la laisser traîner, qu'ils la voient, qu'ils la lisent. La vérité, c'est que tout est sens dessus dessous ; il pleut si fort qu'il est impossible de savoir si c'est vert ou jaune. La vérité, c'est que je suis malheureuse et que je n'ai pas du tout envie d'écrire. La vérité, c'est que je dois tenir très fort à toi, sinon pourquoi laisserais-je ce coup de fil de l'aéroport me miner de cette façon ? Je te crois quand tu dis que tu attendras le courrier avec impatience. Je t'écrirai mais, pour l'instant, il n'y a rien à dire. Essaie de ne pas trop te préoccuper de ce que pensent ou disent les gens. De toute manière, je doute qu'ils disent ou pensent grand-chose nous concernant. Ils ont suffisamment de quoi faire avec leurs propres problèmes.

Gina

Gina chérie,

Tu m'as appelée Freda et non Maman. Je me suis posé des tas de questions. Cela veut-il dire que tu grandis, que tu t'éloignes de moi ? J'ai essayé de me dire que ça signifiait que tu m'aimais davantage, que tu pensais à moi comme à une égale, une amie. Puis je me suis dit juste le contraire, que tu m'aimais moins, que tu prenais tes distances.

Pour quelqu'un qui prétend n'avoir rien à dire, c'est fou ce que tu es bavarde. Tu me traites de paranoïaque ? Eh bien, laisse-moi te dire que Mme Franks est venue me confier qu'elle n'avait pu s'empêcher de lire ta carte et qu'elle trouvait formidable que tu sois si contente d'être là-bas. Alors tu vois bien que les voisins s'intéressent à nous.

Tu dis que tu es bouleversée par le coup de fil de Kennedy Airport. Je te rappelle que c'est toi qui m'as téléphoné, Gina. Je t'ai seulement demandé de m'écrire souvent. C'est toi qui pleurais, et moi qui t'ai dit ce que toute mère normale dit à sa fille qui s'en va en Europe. Je t'ai dit que je serais contente que tu m'écrives. Est-ce que c'était une demande particulièrement déraisonnable ? Est-ce que ça mérite que tu me fasses un sermon, que tu me pries de vivre ma vie sans me soucier des autres ?

Si je te dis tout ça, c'est uniquement pour que tu saches que je suis toujours la même, que je n'ai pas changé, que je suis toujours aussi susceptible. Ça me plaît que tu m'appelles Freda ; continue. Et surtout n'arrête pas de m'écrire, Gina. Tu sais, je ne voulais pas que tu ailles en Irlande. Mais j'ai toujours pensé qu'il n'était pas raisonnable de ma part de vouloir t'en empêcher. Il y a tellement de choses que j'ai envie que tu me dises sur l'Irlande et tant de choses que j'aimerais que tu taises. J'aimerais que tu me dises que c'est un beau pays mais un pays triste, et qu'en le quittant j'ai pris la seule décision sage. Surtout en le quittant de façon si radicale. C'est cela que j'aimerais t'entendre dire dans tes lettres. Je t'aime, Gina. J'espère que ça ne te fatigue pas trop que je te le dise.

Freda

Je ne t'appelle ni Freda ni Maman dans cette lettre, ça nous évitera une longue analyse. J'ai passé une drôle de journée aujourd'hui. Je suis sortie du bed and breakfast, c'est une chambre très agréable dans une petite maison tenue par une femme charmante qui n'a cessé de me parler de son fils, lequel habite à Boston où il est en situation irrégulière. Elle veut dire qu'il travaille dans un bar sans la fameuse « carte verte ». Bref, je marchais dans la rue en longeant les maisons, il y avait des centaines d'enfants à la sortie de l'école. Le pays ressemble à une vaste cour de récréation par bien des côtés. Soudain, j'ai aperçu un bus pour Dunglass à moitié plein. J'ai levé la main. Il s'est arrêté. J'ai demandé au chauffeur où était Dunglass et il m'a... il m'a dit que ce n'était pas une grande maison bourgeoise comme je le croyais mais une ville. Maman, pourquoi ne m'as-tu pas dit que c'était une ville ? Que m'as-tu caché d'autre ? Je suis descendue du véhicule après avoir expliqué au chauffeur que j'avais changé d'avis.

De retour au bed and breakfast, j'ai trouvé ma logeuse toute contente. Elle venait d'avoir des nouvelles de son fils, « l'Irrégulier ». Il faisait un froid de canard à Boston. Il y avait de la neige, de la glace. Je lui ai parlé de Dunglass. Elle a confirmé que c'était un village. Un endroit charmant, paisible, mais pas un endroit à visiter au cœur de l'hiver. Pourquoi ne me l'as-tu pas dit ? Pourquoi m'as-tu laissée penser pendant des années que c'était une grande maison de famille dont le nom était inscrit sur le portail ? Tu m'avais même expliqué la signification de ce nom. *Dun* étant un « fort », et *glass* signifiant « verre ». Ça, au moins, c'est vrai, j'ai vérifié. Mais pour le reste, qu'est-ce qui est vrai ?

Gina

Gina, ma chérie,

J'aimerais que tu me téléphones. J'ai essayé de dénicher un numéro où te joindre, mais je n'ai pas réussi. Voilà cinq jours que tu m'as écrit. Il s'en écoulera encore cinq avant que tu reçoives ce mot. Dix jours auraient pu tout changer. Je ne t'ai jamais dit que c'était une maison. Jamais. Notre maison n'avait pas de nom, c'était une grande maison avec un portail, la plus grande de Dunglass, ce qui ne signifie pas grand-chose. Je ne t'ai jamais parlé de cela. Il y a des choses que je préfère taire. Va voir Dunglass, choisis pour cela un jour lumineux, un jour avec un soleil d'hiver un peu tremblotant. Un jour où tu pourras marcher le long du lac. Va voir la maison. Ta grand-mère est enterrée dans le cimetière de la colline. Personne ne te reconnaîtra. Mais tu peux dire aux gens que tu rencontreras comment tu t'appelles si cela te fait plaisir. Dis-leur que ta mère est originaire de Dunglass. Mais je ne crois pas que tu te présenteras : tu prétends toujours que les gens ne s'intéressent pas à la vie ni aux faits et gestes des autres. Je t'aime et te dirai tout ce que tu as envie de savoir.

Ta mère Freda,
au cas où tu aurais oublié mon prénom.

Freda,

Arrête, ce jeu est idiot. Inutile de nous disputer par écrit. Oui, j'irai à Dunglass, mais quand je serai prête.

Et ne me parle pas de ma grand-mère. Tu m'as privée de grand-mère. Tu n'as jamais prononcé son nom devant moi. Elle ne m'a jamais envoyé de lettres ni de cadeaux. La femme qui gît dans le cimetière est ta mère. Voilà la vérité. Regarde les choses en face. Elle s'appelait Mme Hayes. C'est tout ce que je peux en dire. Comme tu t'appelais Freda Hayes, ma grand-mère était Mme Hayes. Et pas de sermon au sujet de ton prénom que j'aurais oublié. Tu ne m'as même pas dit le sien.

Gina

Chère Gina,

Dix fois j'ai recommencé cette lettre. Ceci est ma onzième tentative. Je la posterai même si elle ne me satisfait pas pleinement. Elle s'appelait Annabel, elle était grande et se tenait bien droite. A sa démarche, on aurait juré que Dunglass lui appartenait. Et, d'une certaine façon, c'était vrai. Car sa famille était propriétaire de la grande maison. Mon père avait épousé la fortune locale. Je n'ai jamais su pourquoi ils m'avaient envoyée en pension, pourquoi ils m'avaient obligée à quitter une aussi jolie demeure. Peggy, qui s'occupait de moi, m'expliquait en chuchotant qu'il y avait des disputes, des assiettes cassées, mais je n'arrivais pas à croire que mon père était tel que Peggy le décrivait, c'est-à-dire double : tantôt sobre, tantôt ivre. Tout le monde admirait ma mère. C'était elle qui dirigeait la maison. Même après le départ de mon père, elle n'a jamais cherché à susciter la sympathie des gens. C'était quelqu'un de peu démonstratif, il lui a fallu devenir froide et dure. Elle nous serinait que nous n'avions besoin ni de leur pitié, ni de leur sympathie. Seulement de leur admiration. Peut-être que cela a déteint sur moi. Peut-être que je me préoccupe trop de ce que les gens pensent au lieu d'être tout simplement moi-même. Elle n'a eu qu'un enfant, comme moi. On se ressemblait davantage que je ne l'aurais cru. C'est tout ce que je peux t'écrire pour le moment. Je t'aime. Je regrette que tu ne sois pas ici. J'aimerais être là-bas. Ou plutôt non, je ne peux pas retourner à Dunglass, mais je voudrais que tu y ailles et que cela te procure un sentiment de paix, que tu y retrouves un peu de ton histoire.

Freda

Chère Freda,

Merci de ta lettre. Je vais laisser passer un peu de temps, histoire de digérer toutes ces émotions.

N'oublie pas que j'ai aussi du sang italien dans les veines et que le mélange est détonant. Je risquerais d'exploser. Le temps s'améliore, je suis allée à plusieurs reprises à Wicklow. C'est magnifique... Et j'ai poussé jusque vers le sud, à Wexford. Les berges semblent sorties d'un film. J'ai visité également Waterford. L'Irrégulier est arrivé de Boston. Il s'appelle Shay. Il raconte des histoires tordantes sur Boston ; pourtant, je n'ai pas l'impression qu'il y ait été tellement heureux. Il rêve d'acheter un petit cottage à Wicklow et d'écrire des chansons. Ce n'est pas idiot. Moi, des rêves, je n'en ai pas.

Je me suis inscrite à un cours à l'Université sur l'histoire irlandaise, pleine de rêves, elle. Je te donne mon numéro de téléphone au cas où tu te sentirais seule et triste. Mais ne m'appelle pas uniquement pour bavarder. C'est trop artificiel.

Shay dit que quand sa mère et lui raccrochaient après s'être parlé ils se sentaient très abattus l'un et l'autre. Il ne faudrait pas que ça nous arrive, Freda. Encore moins maintenant que nous semblons mieux nous entendre. Bien sûr que je t'aime.

Gina

Gina,

Tout était si différent alors. C'est difficile à imaginer. Je me souviens de l'année où j'ai rencontré ton père. Oui, l'année où j'ai rencontré

Gianni... l'homme que j'ai épousé, si tu préfères. Cette année-là, les enterrements semblaient se succéder : Brendan Behan, Sean O'Casey, Roger Casement... Non, Roger n'est pas mort à ce moment-là, mais son corps a été rapatrié en Irlande et c'est alors que j'ai rencontré Gianni. J'ai tenté de lui expliquer. On était dans un café, il faisait froid, humide. C'était un Américain d'origine italienne. Il a essayé de me parler du Vietnam. On était en 1964. J'ai parlé à Gianni des troupes irlandaises partant en mission à Chypre. Je lui ai montré où on construisait la nouvelle ambassade américaine. Cette année-là, les Beatles sont allés en Amérique. On dirait que cela remonte à un siècle.

Gianni a voulu savoir d'où j'étais originaire. Je l'ai emmené chez moi, à Dunglass. Maman lui a ri au nez lorsqu'il nous a parlé de la pauvreté qui les avait forcés, ses parents et lui, à embarquer pour les Etats-Unis. Je ne voulais pas coucher avec lui, Gina. J'avais vingt-trois ans, comme toi maintenant ; seulement à l'époque les jeunes étaient différents. Pas uniquement moi, tout le monde, je t'assure. Mais j'en ai voulu à Maman de s'être moquée de lui. Et je l'ai méprisée lorsqu'elle m'a sorti qu'elle n'avait pas traversé toutes ces épreuves pour que je me jette dans les bras du fils d'une femme de chambre et d'un portier d'hôtel. Gianni avait raconté avec fierté comment ses parents, tes grands-parents, avaient décroché ces emplois. En plus, Maman a trouvé le moyen de faire cette réflexion devant Peggy. Histoire de lui montrer à quel point était insignifiante la place qu'elle occupait dans l'existence.

J'étais heureuse, Gina, heureuse quand je me suis retrouvée enceinte, même si j'avais peur à l'idée de vivre avec Gianni. J'avais l'impression que ça ne durerait pas, nous deux, que nous ignorions tout l'un de l'autre et qu'une fois que nous aurions fait connaissance nous le regretterions. Mais jamais nous n'avons regretté de t'avoir, toi.

Reconnais que je n'ai jamais dit de mal de ton père. Il pensait pouvoir vivre à Dunglass et épouser ma famille, comme l'avait fait mon père. Mais ma mère s'est montrée impitoyable avec lui et avec moi, parce que je refusais d'écouter ses méchancetés. J'ai laissé ma chambre telle quelle, avec mes livres, mes lettres, mes papiers... J'ignore ce qu'ils sont devenus. J'ai fermé la porte et je ne l'ai plus jamais rouverte. Lorsque Gianni m'a quittée, je n'étais pas aussi abattue ni aussi triste que mon entourage se le figurait. Je savais que cela arriverait. De toute façon, j'avais un foyer en Amérique, ma fille, mon travail à la librairie, mes amis. Rien ne m'empêche de me remarier. Je ne le ferai pas, bien sûr, mais il m'arrive de penser, comme Peggy me le disait souvent, que le soleil brillera de nouveau. J'ai le cœur gros quand je pense à Peggy. Je ne lui ai pas écrit. Je n'ai écrit à personne là-bas.

Elle s'appelait Peggy O'Brien, Gina. Elle habitait un petit cottage près du lac. J'ai essayé de lui écrire après la mort de Maman. Mais je n'ai pas réussi à trouver les mots. Toi, en revanche, tu as toujours été douée pour t'exprimer, Gina.

Freda

Voici une carte postale de Dunglass. Je l'ai achetée dans une boutique à Dublin. Est-ce que ça a beaucoup changé, Maman ? Je vais là-bas demain. Je te raconterai. Tu me manques.

Gina

Le temps me semblait trop long. J'ai téléphoné. Je suis tombée sur la mère de Shay, qui m'a dit que vous n'étiez pas encore rentrés. Je ne savais pas que tu emmenais Shay. Il y a près d'un quart de siècle que j'ai emmené Gianni là-bas. Crois-tu que l'histoire va se répéter ? Dunglass n'a guère changé. J'avais oublié que c'était si petit. J'ai hâte de te lire.

Freda

Très chère Freda,

J'ai trouvé ta lettre bien sèche. Aurais-tu peur que, comme ma mère et ma grand-mère, j'épouse à la hâte un homme qui m'abandonnera comme vous avez été abandonnées, Annabel et toi ? A propos, je suis allée sur sa tombe déposer un gros bouquet de fleurs des champs. La campagne est magnifique. Il y avait des canetons sur le lac et deux grands cygnes. Tu ne m'as jamais parlé des cygnes. Tu ne m'as jamais dit que tu avais un poney, que tu étais tombée, que tu t'étais cassé le bras. Tu ne m'as jamais parlé de la poitrine réconfortante de Peggy contre laquelle je me suis blottie pour pleurer, comme toi dans le temps. Elle a racheté des tas d'objets t'appartenant à la vente aux enchères. Elle ne voulait pas que des mains étrangères tripotent tes livres et tes petits « trésors » — lorsqu'elle parle de tes affaires, c'est le mot qu'elle emploie. Elle les a rassemblés dans une pièce de sa maison en attendant que tu viennes les chercher. On ne lui a pas laissé un centime dans le testament. Tout est allé à des œuvres de charité. Elle a acheté ces objets avec l'argent de ses gages parce qu'elle savait qu'un jour tu reviendrais. Je lui ai dit que ce serait vraisemblablement au mois de juin, lorsque le soleil brille sur le lac et que les roses sont en fleur sur la façade de son cottage, non loin de celui où Shay et moi aimerions habiter.

Envoie-moi une carte postale chez Shay afin que sa mère puisse la lire et sente combien nous nous aimons toi et moi. Tu vois, au fond nous sommes semblables. Je veux qu'ils pensent du bien de nous. Je suis heureuse que tu m'aies caché toutes ces choses car ce fut un véritable arc-en-ciel de bonheur, mais cesse de te les dissimuler plus longtemps. Il n'y a pas de fantômes à Dunglass. Seulement des haies et des fleurs et tes amis, Peggy, Shay et

Gina

Traduit par Dominique Wattwiller

La valise

Annie était arrivée de bonne heure à l'aéroport. Elle ne voulait pas faire les choses dans la précipitation. Après avoir fait enregistrer sa valise, munie d'une étiquette indiquant qu'elle se rendait à Londres, elle la regarda s'éloigner sur le tapis roulant. Ouf ! Tout se passait comme prévu. Elle allait pouvoir flâner tranquillement dans la galerie marchande, essayer un ou deux parfums, et peut-être même jeter un coup d'œil aux appareils photo et aux montres — oh, pas pour acheter, juste pour voir.

Alan était en retard ; comme chaque fois qu'il avait un avion à prendre. Mais il avait un sourire tellement désarmant qu'on lui pardonnait tout. L'hôtesse lui dit d'aller se présenter directement à la porte d'embarquement, ce qu'il fit. Enfin presque. Il ne pouvait tout de même pas passer devant la boutique hors taxes sans acheter une bouteille de vodka. Il monta le dernier dans l'avion, sans la moindre trace d'embarras ou de confusion — il fallait bien qu'il y ait un dernier, non ? — et s'installa à sa place en classe affaires. Avec l'aisance d'un homme qui a l'habitude de voyager, il rangea son attaché case et sa bouteille de vodka dans le casier prévu à cet effet, disposa sa ceinture de sécurité de façon à donner l'illusion qu'elle était bien attachée et se plongea dans la lecture du journal. Un autre voyage d'affaires commençait.

Annie sourit, soulagée, en apercevant sa valise sur le tapis roulant à l'aéroport de Londres. Elle avait craint qu'elle ne reste au fond de la soute, de même qu'elle craignait toujours que les hommes de la brigade antiterroriste ne l'interpellent et ne lui demandent ce qu'elle était venue faire à Londres, ou que les douaniers n'éventrent sa belle valise toute neuve pour y chercher de l'héroïne. Elle était d'une nature angoissée, ce qui n'était pas si mal finalement, car on avait de bonnes surprises quand aucune de ces choses désagréables ne se produisait. Après avoir récupéré sa valise et traversé la douane sans encombre, elle suivit les pancartes indiquant le métro et monta dans un wagon rempli de voyageurs venus des quatre coins du monde. Elle ferma les yeux avec délectation tandis que la rame s'élançait vers la capitale.

D'un geste souple, Alan saisit sa valise juste au moment où celle-ci passait sur le tapis roulant.

Puis il vola au secours d'un couple qui n'arrivait pas à récupérer les siennes, les ôtant une à une du tapis roulant sans la moindre difficulté. La femme lui adressa un sourire plein de reconnaissance. Alan n'avait pas son pareil lorsqu'il s'agissait d'avoir l'air plus débrouillard que les autres. Après avoir acheté le journal, il monta dans un taxi en ayant soin d'annoncer au chauffeur qu'il allait avoir besoin d'un reçu ; certains de ces types étaient tellement mal embouchés qu'il valait mieux prendre les devants et le faire poliment. C'était la devise d'Alan. Le secret de sa réussite. Le jour commençait à décliner ; il jeta un rapide coup d'œil aux pavillons proprets qui s'alignaient le long de l'autoroute. Quel plaisir de revenir à Londres, une ville où il ne connaissait personne et où personne ne le connaissait.

Annie sortit du métro à Gloucester Road et se dirigea vers son hôtel d'un pas sautillant. Sa nouvelle valise était légère, un vrai bonheur. Certes, elle lui avait coûté une fortune, mais bon, elle savait qu'elle lui durerait toute la vie. Elle avait également acheté deux petites initiales autocollantes qu'elle avait apposées sur le couvercle. « A.G. » Très chic. Elle s'était pourtant demandé ensuite si elle avait bien fait. Les gens ne risquaient-ils pas de deviner qu'ils n'étaient pas mariés s'ils ne portaient pas les mêmes initiales ? Mais il avait ri et lui avait tapoté gentiment le bout du nez en déclarant qu'elle était adorable et délicieusement anxieuse. Si bien qu'Annie Grant avait fini par se laisser convaincre. De nos jours, les gens n'attachaient plus aucune importance à ce genre de chose. Enfin, la plupart des gens.

Le taxi déposa Alan devant un palace de Knightsbridge. Il donna aussitôt son nom au groom, qui fit mine de le reconnaître.

— Monsieur Green, mais bien sûr, dit-il avec un grand sourire. Ravi de vous revoir, monsieur.

Après avoir plié et soigneusement rangé le reçu du taxi dans son portefeuille, Alan suivit le groom jusqu'à la réception. Il y avait bien une chambre réservée à son nom. Parfait. Il fit un compliment élégamment tourné à la réceptionniste, qui en rosit de plaisir en se demandant pourquoi les hommes craquants comme M. Green ne l'invitaient jamais à dîner, alors que les vieux cochons libidineux lui bavaient dessus à longueur de journée. Alan monta dans sa chambre et prit une boisson gazeuse dans le minibar. Puis, voyant qu'elle n'était pas allégée en sucre, il la remit à sa place et opta pour une eau minérale. Alan ne faisait jamais rien au hasard.

Une fois entrée dans la petite chambre où elle allait passer la nuit, Annie déposa sa valise. Elle commencerait par suspendre ses robes afin de les défroisser, puis elle prendrait un bon bain moussant avant de se passer de l'huile pour le corps. Elle fit tourner la clé dans la serrure et ouvrit la valise. Point de robes ni de chaussures. Les deux ravissantes nuisettes et la superbe trousse de toilette remplie, une fois n'est pas coutume, de produits Guerlain n'étaient pas là non plus. La valise ne contenait que des dossiers et des boîtes, des chemises, des caleçons et des chaussettes d'homme, et encore des dossiers. Le cœur d'Annie se mit à faire des bonds violents dans sa poitrine. Ce qu'elle redoutait depuis toujours s'était produit : elle s'était trompée de valise. Elle jeta un regard effaré aux initiales ; quelqu'un d'autre appelé A.G. avait pris sa valise.

— Oh mon Dieu, gémit Annie Grant. Pourquoi moi ? Qu'ai-je fait pour mériter ça ?

Et elle fondit en larmes.

Alan ouvrit sa valise d'un geste machinal. Il allait étaler ses papiers sur la spacieuse console mise à sa disposition, puis suspendre ses affaires. Marie savait faire les valises comme personne ; il lui avait montré comment s'y prendre au tout début de leur mariage. Avant cela, cette pauvre Marie avait la fâcheuse habitude d'entasser les vêtements n'importe comment. A quoi bon se donner la peine de les repasser, lui avait-il fait remarquer calmement, si c'était pour les en ressortir tout fripés ? Il regarda d'un air incrédule la pile de robes et de dessous féminins qui se trouvaient sur le dessus de la valise. Des souliers enveloppés dans des sacs en plastique, une trousse de maquillage bourrée à craquer de crèmes de soin et autres produits de beauté gluants. Comment avait-il pu se tromper de valise ? Elle portait pourtant bien ses initiales : A.G. Il avait songé pendant un temps à les changer, parce qu'il trouvait ces lettres un peu trop ordinaires. Flûte et reflûte, pourquoi avait-il hésité ? Soudain son sang ne fit qu'un tour : était-ce là une mauvaise plaisanterie de Marie ? Elle faisait la tête ces derniers temps et avait même exigé qu'il l'emmène avec lui quand il partait en voyage. Cette valise pouvait-elle être celle qu'elle s'était préparée ? Non, c'était absurde. Ces affaires n'étaient pas celles de Marie.

— Zut ! Zut ! répéta-t-il à haute voix.

Cela ne pouvait pas tomber plus mal. Il avait perdu sa valise au moment où il en avait le plus besoin.

Annie resta pendue une bonne heure et demie au téléphone avant de sécher ses larmes et de renoncer à l'idée saugrenue de retourner à l'aéroport. Les employés de la compagnie aérienne lui avaient assuré que sa valise lui serait rapportée le lendemain. Elle avait bien trouvé l'adresse d'un bureau de Londres soigneusement scotchée sur la face interne du couvercle de la valise de ce maudit A. Green, mais tous les bureaux étaient fermés à cette heure-ci.

Demain, demain, comme si cela allait pouvoir arranger les choses. Demain il arriverait de New

York, s'attendant à la trouver radieuse et fin prête à le suivre dans la petite virée qu'ils avaient projeté de faire ensemble. Une virée d'une semaine où elle l'aurait enfin entièrement pour elle. Ils avaient convenu qu'il louerait une voiture à son arrivée à l'aéroport ; il avait dit à son patron que les négociations risquaient de prendre un peu plus longtemps que prévu, et à sa femme que... Oh, qu'importe ce qu'il avait raconté à sa femme. Ce qui était sûr, c'est qu'il ferait la tête quand il apprendrait qu'elle avait perdu sa valise et qu'ils allaient devoir faire des pieds et des mains pour essayer de la retrouver. N'y avait-il donc aucun moyen de savoir où logeait ce maudit Green ? Elle aurait pu appeler à son domicile et demander à sa femme à quel hôtel il était descendu. A condition, bien sûr, que sa femme fût au courant. Mais les femmes étaient-elles jamais au courant ?

Il ne fallut pas plus de cinq minutes à Alan pour trouver l'homme de la situation, lequel lui annonça qu'à cette heure tardive personne ne pouvait rien pour lui, et lui suggéra de rappeler le lendemain. Oui, c'était bien joli tout ça, mais il avait un petit déjeuner d'affaires à 7 h 30 le lendemain, bien avant l'ouverture des magasins, ce qui signifiait qu'il ne pourrait pas changer de chemise. Et puis à quoi bon se rendre à la réunion s'il n'avait pas ses dossiers ? La peste soit de cette tête de linotte et de sa maudite valise ! Elle avait même emporté un album de photos et des pages et des pages de notes. Un vrai roman-feuilleton. Et impossible à déchiffrer avec ça. Une écriture en pattes de mouche. Il y avait bien une lettre adressée à une certaine Prissy A. Grant, une vieille fille à tous les coups, sinon le nom aurait été précédé de « Mme ». Malheureusement, il n'y figurait aucune adresse, sans quoi il aurait pu se procurer un annuaire du téléphone irlandais et appeler les parents de la fille pour leur demander à quel hôtel elle était descendue. A condition, bien sûr, qu'elle le leur ait dit. Ce genre d'idiote qui emportait en voyage des albums de photos, des dessous coquins et des scénarios écrits en hiéroglyphes ne confiait probablement rien à ses parents.

Le patron de l'hôtel était désolé pour cette pauvre mademoiselle Grant, qui s'arrêtait souvent chez lui pour passer la nuit avant de se rendre sur le continent. C'était une enseignante, une femme très correcte. Il lui monta lui-même du thé et des sandwiches. Elle éclata en sanglots et le remercia comme s'il venait de lui sauver la vie.

— Vous devriez fouiller sa valise, suggéra-t-il. Vous découvririez peut-être où il est descendu...

Annie hésitait. Cela ne l'empêcha pas de dévorer les sandwiches et de vider la théière en lisant les dossiers qu'elle avait étalés sur le lit. Elle apprit ainsi que M. A. Green avait le projet de reprendre une affaire en gérance, projet qu'il caressait depuis deux ans et qui devait normalement se concrétiser le lendemain. Si tout se passait comme prévu.

M. A. Green s'en retournerait à Dublin à la tête de sa propre entreprise. Ses arguments étaient très convaincants, ses partenaires auraient tort de laisser passer une offre aussi alléchante. Parmi les documents se trouvaient des photocopies de lettres portant la mention « Strictement confidentiel » et des dossiers avec la mention « Ne pas emporter au bureau » soulignée au marqueur. Une grande partie de la correspondance faisait apparaître les employeurs actuels de M. Green, ceux-là mêmes qui avaient financé son voyage à Londres, sous un jour peu flatteur. Annie soupira ; c'était donc là le monde des affaires. Au lycée, personne n'aurait songé à comploter contre la prof de géographie ou à éveiller les soupçons du proviseur à l'égard du prof d'arts plastiques. Même si, au fond, les profs étaient des faux jetons.

Aux copies des lettres qu'il avait montrées à son patron, M. Green avait attaché celles qui devaient rester confidentielles. Un remarquable travail de secrétariat, et particulièrement convaincant quand on prenait la peine de lire le dossier dans sa totalité. Annie en vint à la conclusion qu'Alan Green n'était qu'un affreux personnage. Bien fait pour lui s'il avait perdu sa valise, et tant mieux si son projet capotait. Oui mais, dans ce cas, comment pouvait-elle espérer remettre la main sur la sienne ? Et que se passerait-il s'il fourrait son nez dans son journal intime ?

L'eau minérale était décidément trop insipide. Alan Green choisit un soda pur sucre dans le minibar et décida de procéder avec méthode. Il allait s'attaquer au problème comme s'il s'agissait d'un dossier administratif. Bien. Il avait laissé son nom à la compagnie aérienne, au cas où la fille appellerait. Car elle allait forcément appeler. Et d'ailleurs, comment se faisait-il qu'elle ne l'ait pas déjà fait ? Cette idiote était probablement en train de descendre une bonne bouteille en compagnie d'un autre bas-bleu dans son style, en discutant de la manière d'écrire une pièce de théâtre interminable et parfaitement inepte dans une écriture serrée et totalement illisible. Mais, au fait, de quel genre de pièce s'agissait-il ? Il commença à lire. Ce n'était pas du tout une pièce de théâtre, mais un journal intime. Et même plus que ça : un véritable plan de campagne. Avec des dizaines de scénarios différents quant à la façon dont ses vacances risquaient de se passer.

Il y avait une scène dans laquelle il lui annonçait qu'ils ne pouvaient plus se voir, sa femme lui ayant posé un ultimatum. Cette hypocrite de A. Grant avait préparé ses répliques à l'avance, tantôt sur un ton calme et désabusé, tantôt sur un ton passionnel et menaçant : elle se tuerait. Si, si, il verrait. Le tout écrit comme une véritable pièce de théâtre, avec indications scéniques, etc.

Alan en vint à la conclusion que cette pauvre A. Grant était gravement atteinte et que le malheureux qu'elle s'apprêtait à retrouver le lendemain aurait dû être mis en garde.

Au fond, c'était tant mieux si elle avait égaré cette invraisemblable compilation de psychodrames. Et tant mieux si elle ne disposait pas de ses fanfreluches, car ainsi elle n'aurait d'autre choix que de se présenter à lui sous son jour véritable. Sans doute serait-elle, elle aussi, obligée de laver son collant, tout comme il avait été obligé de laver ses poignets de chemise et ses chaussettes. Soudain, il eut un coup au cœur : et si elle lisait son dossier top secret ?

Annie se souvint tout à coup que, dans son affolement, elle avait oublié de donner le nom de son hôtel à l'employé de l'aéroport. A supposer que ce faux jeton de A. Green ait lui aussi appelé l'aéroport pour laisser ses coordonnées, il ne pourrait pas la contacter. Elle rappela aussitôt. M. Green avait-il appelé ? Oui. Et il avait laissé son numéro de téléphone. Il décrocha à la seconde sonnerie. Il lui rapportait sa valise toute affaire cessante. Mais non, cela ne le gênait pas du tout, c'était la moindre des choses. Une erreur stupide, il devait y avoir au bas mot un million de A.G. sur la planète. A tout de suite.

Il demanda au taxi de l'attendre. A sa grande surprise, il constata que la fille était plutôt jolie, pulpeuse et légèrement échevelée. Il se rappelait l'avoir remarquée à la descente d'avion et avoir même songé à lui proposer de partager un taxi pour se rendre à Londres. Puis il repensa aux révélations contenues dans son journal intime et frissonna, soulagé d'avoir échappé au pire.

Annie fut surprise de voir que l'homme n'avait pas une tête de rat, pointue et sournoise. Il était plutôt bien fait de sa personne et semblait parfaitement normal. Elle se rappela l'avoir remarqué dans l'avion, tandis qu'il plaisantait avec l'hôtesse de l'air.

— Voici votre valise, dit-elle. Elle est un peu en désordre, pour ne pas dire sens dessus dessous. Je l'ai retournée de fond en comble pour voir si je ne pouvais pas mettre la main sur une adresse où vous joindre.

— La vôtre est également un peu en désordre, dit-il en souriant. Mais, rassurez-vous, je n'ai essayé aucun de vos ravissants dessous.

Ils échangèrent un sourire des plus engageants.

Il la dévisagea longuement. Après tout, il n'était que 23 heures, la nuit ne faisait que commencer. Et la fille était belle, avec des formes rondes...

Dommage qu'il doive partir, songea-t-elle. Et si elle disait quelque chose du genre : « Que diriez-vous d'aller boire un verre ensemble pour fêter ça ? »

Puis elle se souvint de la description qu'il avait faite de son patron afin de prouver que ce dernier était un ivrogne invétéré, à la limite de la sénilité.

Il se souvint qu'elle avait imaginé de menacer son amant de se suicider et d'envoyer des lettres compromettantes à sa femme, à ses enfants et à ses collègues.

Ils se serrèrent la main et, exactement au même moment, chacun affirma qu'il n'avait pas lu les papiers de l'autre, et ils surent alors tous les deux que l'autre l'avait fait.

Traduit par Martine C. Desoille

Les vacances de Mlle Vogel

Mlle Vogel ne comprenait pas pourquoi elle ne s'était jamais mariée. La chose l'étonnait plus qu'elle ne la contrariait, du reste. Quand elle était jeune, tout le monde pensait que, de toutes ses amies, Victoria Vogel serait la première à se faire conduire à l'autel.

Blonde, douce et jolie, de surcroît excellente maîtresse de maison, elle faisait elle-même ses robes et savait mettre les petits plats dans les grands lorsqu'il le fallait.

La jeune demoiselle Vogel était toujours souriante. Aucune belle-mère n'aurait pu la rejeter, aucune belle-famille n'aurait pu trouver à redire à cette jeune fille qui secondait si vaillamment son père à la boulangerie. Les cavaliers se pressaient pour l'inviter à danser quand elle allait au mariage des unes ou des autres, mais, bien qu'elle eût plus d'une fois rattrapé le bouquet de la mariée, elle n'avait jamais eu l'occasion de célébrer ses propres noces.

Mlle Vogel avait gardé un bon souvenir de sa jeunesse à New York. Les galants ne manquaient pas alors, et elle avait toujours pensé que l'homme de sa vie finirait tôt ou tard par pointer le bout de son nez. Elle coulait des jours heureux au-dessus de la boulangerie, et les années avaient passé sans qu'elle y prenne garde.

Il y avait tant de choses qui l'occupaient. La maladie de sa mère, par exemple. Toutes ses amies étaient déjà mariées quand sa mère était tombée malade et qu'elle avait dû veiller sur elle.

Lorsque sa mère était morte et que son père avait sombré dans la dépression et perdu le goût du travail, elle avait dû mettre les bouchées doubles afin de faire marcher la boutique. Bien sûr, il y avait Tony Bari, le gérant, pour la seconder. Ils passaient des heures ensemble à essayer de voir comment ils pourraient payer les fournisseurs, réduire les frais de fonctionnement, augmenter les recettes...

Tout le monde pensait qu'ils finiraient un jour par se marier.

Mais Mlle Vogel n'y avait jamais vraiment cru, même si, dans son for intérieur, elle n'aurait pas été mécontente que leurs baisers volés conduisent à une demande en mariage.

Cependant elle était réaliste et elle avait compris que Tony Bari aimait l'argent. Il lui avait dit à plusieurs reprises qu'un homme qui voulait réussir en affaires devait épouser une femme riche. Mlle Vogel savait que ce n'était pas son cas, et, bien qu'elle appréciât la compagnie de Tony, son sourire jovial et sa moustache qui lui chatouillait la joue quand il l'embrassait, elle n'avait pas pleuré lorsqu'il lui avait annoncé qu'il avait finalement rencontré une femme nantie, et l'avait invitée à son mariage.

Peu après, le père de Mlle Vogel avait été admis à l'hôpital. Il n'en était jamais ressorti. Tony Bari ayant racheté la boulangerie et son épouse ne jugeant pas convenable que Mlle Vogel continuât à travailler pour eux, cette dernière s'était alors retrouvée sans emploi, à l'âge de trente ans.

Les gens disaient que Tony Bari avait fait une bonne affaire. Il est vrai qu'après avoir partagé le fruit de la vente avec ses frères et sœurs il ne restait pas grand-chose à Mlle Vogel.

N'ayant nulle part où aller et n'étant pas suffisamment qualifiée pour espérer trouver un emploi bien rémunéré, Mlle Vogel, avec son optimisme habituel, décida d'attendre que la chance lui sourie. Un beau jour, elle tomba sur une annonce offrant un emploi de gardien dans un petit immeuble résidentiel. La plupart des locataires étaient des femmes et cherchaient de préférence une personne du même sexe pour assurer le gardiennage. Calme et avenante, Mlle Vogel leur plut d'emblée. Si bien qu'elle vécut désormais dans un deux-pièces confortable dans l'un des plus beaux quartiers de la ville.

Ses amies se réjouirent pour elle. « Tu vas fréquenter du beau monde », lui disaient-elles. Mais peu importait à Mlle Vogel. Ce qui comptait pour elle, c'est que les gens soient gentils. Et dans l'ensemble ils l'étaient.

Elle ne tarda pas à pénétrer dans leur intimité. C'était elle qui sortait Beauty, le roquet hargneux de Janet, la veuve acariâtre du nº 1. Elle s'occupait également de garder la fille de Heather, la chef de pub débordée qui vivait au nº 2. Elle réceptionnait les fleurs et les disposait dans des vases pour le nº 3, où habitait Francesca, la ravissante maîtresse de deux hommes d'affaires. Mlle Vogel avait aussi pour mission de veiller à ce que ces deux messieurs ne se rencontrent pas par inadvertance...

Elle passait enfin beaucoup de temps au nº 4, où Marion restait de longues heures assise à sa fenêtre, à guetter le retour de son mari.

Il y avait de nombreux autres locataires dont la vie n'avait plus de secret pour Mlle Vogel. Parfois ses sœurs lui disaient que les gens de son immeuble avaient de la chance, parce qu'ils étaient riches et que la vie les avait comblés, mais Mlle Vogel ne voyait pas les choses ainsi. Elle qui prenait le café avec eux, dans leurs somptueux appartements, savait que l'argent ne fait pas le bonheur. La plupart des locataires avaient plus de problèmes que toute la famille Vogel réunie.

Il lui arrivait de passer devant la vieille boulangerie où Tony Bari avait ouvert une épicerie fine grâce à l'argent de sa femme. Une affaire florissante, les gens commandaient leurs sandwiches par fax et se faisaient livrer au bureau !

Tony et sa femme avaient trois enfants. Mlle Vogel les regardait grandir. Elle aurait aimé les rencontrer, les connaître un peu mieux, et être parfois invitée dans la boutique où elle aussi avait passé son enfance.

Mais la femme de Tony Bari semblait tout faire pour la tenir à distance.

Dommage, songeait Mlle Vogel, qui s'était toujours montrée aimable et chaleureuse envers la femme qui avait pris possession des lieux uniquement parce que son père avait de l'argent. Mais bon, on ne pouvait pas forcer les gens à vous aimer.

D'ailleurs Mlle Vogel avait d'autres chats à fouetter. Ses locataires lui prenaient tout son temps. Certes, sa vie n'avait rien de palpitant, mais elle partageait la leur, et partageait du même coup leurs rêves et leurs espoirs. A Thanksgiving ou à Noël, elle savait qui leur rendrait visite, avec qui elles passeraient le réveillon, ce qu'elles feraient à manger. Elle connaissait les régimes alimentaires de chacune, les jours de la semaine où elles se rendaient au club de gym, les plats allégés qu'elles stockaient dans leur congélateur. C'était elle qui faisait l'inventaire de leur garde-robe de printemps. Personne ne semblait remarquer que

Mlle Vogel n'avait pas de garde-robe de printemps, ni qu'elle ne se mettait jamais au régime après le réveillon, de même que personne ne lui demandait jamais avec qui elle comptait passer les fêtes.

Elle écoutait parler les autres, sans rien dire.

Elle trouvait leurs vies intéressantes.

Puis arriva l'été, le moment de songer aux vacances.

Janet partait pour l'Arizona avec sa sœur, mais, naturellement, il y avait le problème de Beauty, le petit chien qui ne supportait pas les chenils. C'est pourquoi, si Mlle Vogel pouvait...

Heather, quant à elle, ne disposait que d'une semaine de congé — pas un jour de plus. Elle irait à Los Angeles, où elle pourrait assister à une ou deux réunions de travail pendant qu'elle était sur la côte ouest, et en profiterait pour emmener sa fille, Heidi, à Disneyland et Hollywood. N'était-ce pas des vacances de rêve pour une petite fille ? Malheureusement, elle n'avait absolument pas le temps de faire les magasins pour renouveler la garde-robe d'été de l'enfant. Mlle Vogel verrait-elle un inconvénient à... Un samedi matin de préférence ? Juste une petite virée rapide dans les magasins...

Francesca comptait prendre une semaine de vacances avec l'un de ses amants et une semaine avec l'autre, mais elle avait dit à chacun qu'elle passerait l'autre semaine dans une station thermale. Mlle Vogel pouvait-elle se rendre en autocar à la station thermale en question, qui ne se trouvait qu'à quelques kilomètres, afin de poster deux cartes postales ? Vous savez comment sont les hommes, de nos jours, jaloux et soupçonneux...

Marion, la locataire du n° 4, était folle de joie. Son mari lui avait annoncé qu'ils passeraient les vacances en tête à tête dans une petite auberge tranquille à la campagne — pour faire le point. Marion ne cessait de répéter que les vacances étaient un moment privilégié, le moment idéal pour rencontrer un partenaire quand on était seule et pour consolider une relation qui battait de l'aile quand on était deux...

Mais Mlle Vogel n'aurait su dire, n'ayant jamais pris de vacances, faute de temps et d'argent. Et puis ce n'était pas à cinquante-trois ans qu'elle pouvait espérer rencontrer quelqu'un. Quant à consolider une vieille relation...

Tony Bari et sa femme partaient en Italie, où ils avaient de la famille. Ils s'y rendaient chaque année afin que les enfants voient leurs cousins et ne perdent pas le contact avec eux. Mais ni Tony ni sa femme ne s'étaient jamais préoccupés de savoir si Mlle Vogel aurait, elle aussi, aimé les voir et garder le contact. De toute façon, elle n'aurait pas été à sa place. Une vieille tante célibataire...

Comme par un fait exprès, cette année-là toutes les locataires prenaient leurs vacances en même temps. Mlle Vogel allait se sentir bien seule dans l'immeuble vide. Cependant, elle se réjouissait pour elles, comme elle se réjouissait chaque fois qu'un heureux événement survenait dans leur vie.

Elle fit tout ce qu'on lui avait demandé. Elle prit connaissance des habitudes alimentaires de cette peste de Beauty pour rassurer Janet, emmena Heidi chez Bloomingdale pour refaire sa garde-robe d'été, s'enquit des horaires de bus afin de poster les deux cartes postales que lui avait confiées Francesca, et aida Marion à empaqueter ses déshabillés pour son séjour romantique à la campagne.

Sans parler de toutes les autres tâches dont elles l'avaient chargée pendant leur absence : éteindre les lumières, tirer les rideaux chaque soir à une heure différente, trier le courrier, de telle sorte qu'à leur retour elles le trouveraient soigneusement empilé sur la table de l'entrée. Elle passerait chercher leurs vêtements à la teinturerie et les pendrait dans leurs armoires. Elle ouvrirait la porte à un dépanneur de télévision ici et à un architecte d'intérieur là, et, à leur retour, elle écouterait leurs récits de voyage et s'extasierait devant leurs photos de vacances.

Il y avait beaucoup d'agitation, voire d'hystérie, au moment du départ. En particulier quand on avait oublié de réserver une voiture, d'autant qu'il était très difficile de héler un taxi dans les rues de New York.

Cette année-là, Mlle Vogel décida d'en finir avec les jérémiades. Elle fit appel à Frank, un chauffeur de taxi du quartier. Elle lui expliqua qu'elle avait quatre courses à faire en deux jours : une jusqu'à l'aéroport de La Guardia pour Heather et Heidi, une jusqu'à la gare de Grand Central pour Janet, une jusqu'à la gare de Penn pour Marion et son mari, et une enfin jusqu'à un trou perdu du New Jersey pour Francesca. L'homme au visage fatigué mais avenant qui se trouvait derrière le comptoir lui répondit :

— Vous, je vous vois venir, vous allez me demander une commission.

— Oh, mais pas du tout ! se récria Mlle Vogel. Je le fais uniquement pour rendre service à mes locataires. Vous serez payé au tarif en vigueur. Et moi je ne demande rien... absolument rien.

— Dans ce cas, vous devez bien être la seule personne au monde, dit Frank.

— C'est qu'ils partent en vacances, vous comprenez, alors ils sont sur les dents.

— Comment le saurais-je ? Je n'ai jamais pris de vacances de ma vie, dit Frank.

— C'est drôle, moi non plus, répondit Mlle Vogel en souriant. Nous devons être les deux seules personnes au monde, vous ne croyez pas ?

Quelque chose venait de les rapprocher. Ils

convinrent de l'heure à laquelle Frank devait venir chercher les vacanciers.

Il était courtois et ponctuel, mais par-dessus tout il était gentil. Il attendit patiemment que Janet ait fini de faire ses adieux à Beauty. Il assura à Heidi qu'elle allait adorer Disneyland et qu'elle en reviendrait métamorphosée. Il rassura Francesca en lui expliquant qu'il connaissait les petites routes du New Jersey comme sa poche. Il dit à Marion et à son mari qu'il n'y avait rien de tel qu'un séjour à la campagne pour se changer les idées.

Mlle Vogel fut triste de voir partir sa dernière locataire. Elle avait pris goût aux visites régulières de Frank et ne manquait jamais une occasion de lui offrir une tasse de café et des biscuits maison. Il allait lui manquer.

A sa grande surprise, il revint la voir.

— Mademoiselle Vogel, que diriez-vous de passer des vacances à New York ? lui demanda-t-il d'une voix hésitante. On pourrait faire comme si on était des touristes et découvrir la ville avec des yeux neufs ?

Il lui jeta un regard inquiet, craignant qu'elle ne trouve son idée saugrenue et ne lui rie au nez.

— Des vacances à New York ? dit-elle, l'air songeuse.

— Il y a des tas de gens qui le font, vous savez, ajouta Frank, sur la défensive. J'en sais quelque chose, vu que je suis chauffeur.

— C'est une excellente idée ! s'exclama Mlle Vogel. Mais, auparavant, il faut que je règle deux ou trois petites choses. C'est indispensable.

— Bien sûr. Si je passe vous prendre demain matin, ça vous va ?

Mlle Vogel organisa son emploi du temps de façon à pouvoir se libérer cinq heures par jour. Puis elle repassa soigneusement ses affaires et prépara une tenue vestimentaire pour chaque jour de la semaine. Elle se rendit ensuite au salon de coiffure pour une mise en plis et une manucure.

Elle prépara plusieurs pique-niques qu'elle mit au congélateur, fit ressemeler ses chaussures les plus confortables, regarda la météo. Elle était prête à partir en vacances.

Ils passèrent la première journée à Ellis Island, là où leurs grands-parents respectifs venus d'Italie, d'Allemagne, d'Irlande et de Suède avaient débarqué pour la première fois aux Etats-Unis.

— Je parie qu'ils n'ont jamais eu le temps de prendre de vacances, eux non plus, quand ils sont arrivés en Amérique, dit Mlle Vogel.

— Mais nos ancêtres étaient des aventuriers qui n'auraient pas pu imaginer que leurs descendants seraient des pantouflards, répondit Frank.

Le lendemain, ils montèrent tout en haut du World Trade Center afin d'admirer la vue, puis ils se rendirent au zoo et se promenèrent au soleil à Central Park.

Ils firent ensemble le trajet jusqu'à la station

thermale où ils postèrent les cartes de Francesca, et parlèrent des gens qui vivaient constamment dans le mensonge — comme Francesca et ses deux amants. Puis ils allèrent à Chinatown et pour finir à Wall Street.

Ils retournèrent dans le quartier où Mlle Vogel avait grandi, et elle lui montra l'épicerie fine qui remplaçait désormais la boulangerie de son enfance. Après cela, ils visitèrent le quartier de Frank, qui avait également beaucoup changé depuis qu'il l'avait quitté. Il lui montra l'endroit où il avait vécu trois ans avec son épouse, il y avait fort longtemps, et l'hôpital où elle était morte.

Comme ni l'un ni l'autre n'était jamais allé à Carnegie Hall, ils décidèrent de s'offrir un concert.

Et comme elle n'avait jamais vu un match de football ailleurs qu'à la télévision, il l'emmena au Yankee Stadium.

La semaine passa sans même qu'ils s'en rendent compte.

Frank aida Mlle Vogel à trier le courrier, à tirer les rideaux et à réceptionner les colis pour ses locataires. Mlle Vogel lava les rideaux de Frank et disposa quelques bibelots dans son bureau pour le rendre plus accueillant.

La semaine suivante, ils ne pourraient plus se libérer cinq heures par jour. Comme tous les New-Yorkais, ils allaient savoir ce qu'on éprouve lorsqu'on rentre de vacances.

Mais pour Frank et Mlle Vogel, quelque chose de nouveau et de merveilleux s'était produit. Ils avaient enfin trouvé quelqu'un à qui se confier, quelqu'un à qui raconter sa journée et parler de tout ce qui se passe dans le monde.

C'est ainsi que, lorsque Frank eut ramené Heather et Heidi de l'aéroport, il raconta à Mlle Vogel que la mère et la fille n'avaient pour ainsi dire pas desserré les dents de tout le trajet, et que la petite avait passé ses vacances enfermée dans une chambre d'hôtel à regarder la télévision pendant que sa mère assistait à des réunions du matin au soir.

Mlle Vogel, à son tour, lui raconta qu'un événement inattendu était survenu dans la vie de Francesca : ses deux amants l'avaient demandée en mariage et tous deux étaient prêts à quitter leur épouse pour elle, mais Francesca ne voulait finalement ni de l'un ni de l'autre. Elle s'était mise au lit avec une compresse d'eau froide sur les yeux, parce qu'elle n'avait pas le courage de le leur avouer.

Janet confia à Frank que ses vacances avec sa sœur s'étaient très mal passées — les vacances en famille, merci bien, elle aurait mieux fait de les passer avec son chien.

Marion dit à Mlle Vogel que son mari était un vrai salaud. Il l'avait emmenée en vacances dans le seul but de lui annoncer qu'il voulait rompre. Curieusement, Marion l'avait plutôt bien pris. Une fois l'abcès crevé, elle s'était promenée avec plaisir dans la campagne, et son mari avait été surpris et contrarié de voir qu'elle ne cherchait pas à le retenir.

Mais aucune des locataires de Mlle Vogel ne songea à lui demander si elle s'était bien amusée pendant leur absence. Elles mettaient les fréquentes visites de Frank sur le compte du travail. Il arrivait parfois que Mlle Vogel ne soit pas disponible pour garder les enfants ou sortir le chien, écouter leurs problèmes ou s'occuper des fleurs. Mais personne n'aurait su dire pourquoi. Si elle avait l'air plus gaie, si ses yeux pétillaient et si elle marchait d'un pas sautillant... c'était probablement parce qu'elle avait perdu quelques kilos superflus.

Pourtant la femme de Tony Bari, elle, avait deviné. Ses yeux se plissèrent quand elle vit entrer Mlle Vogel dans la boutique. Elle avait toujours soupçonné son mari d'avoir le béguin pour la fille de son ex-patron. Si cette dernière avait eu de l'argent, elle était persuadée qu'il n'aurait pas hésité à la demander en mariage.

— Les vacances se sont bien passées, mademoiselle Vogel ? demanda-t-elle poliment tout en remarquant la nouvelle coupe de cheveux de Mlle Vogel, son port de reine et sa mine splendide.

— A merveille. Je suis restée à New York et j'ai visité la ville. Un vrai bonheur...

La femme de Tony Bari, qui avait passé des

vacances exténuantes en Italie en compagnie d'une belle-famille envahissante, ressentit de l'envie.

— Bah, il est vrai qu'à notre âge les vacances n'apportent pas grand-chose, dit-elle dans l'espoir d'effacer l'expression radieuse de Mlle Vogel.

Celle-ci cessa d'examiner les mets délicats, les fromages italiens et les huiles d'olive extrafines, et adressa son plus beau sourire à la femme qui, parce qu'elle avait de l'argent, lui avait ravi le seul homme qu'elle aurait pu épouser et sa seule chance de fonder un jour un foyer.

— Oh, madame Bari, comme c'est triste de vous entendre parler ainsi, dit-elle comme si elle lui avait présenté ses plus sincères condoléances.

Tony Bari se trouvait à l'autre bout de la boutique. Il était chauve et ventripotent à présent, et l'amertume et la cupidité avaient creusé des rides profondes sur son visage. Tout compte fait, la vie ne l'avait pas comblé. Comment avait-elle pu penser un seul instant qu'il ferait un bon mari ? Si tout s'était passé comme elle l'avait espéré alors, elle serait en ce moment même de retour d'un épuisant voyage au côté d'un époux acariâtre. Elle n'aurait rien connu d'autre que cette vie-là. Elle n'aurait jamais partagé les joies et les peines de ses locataires.

Elle aurait sans doute regretté de ne pas avoir épousé Frank, le gentil chauffeur, en supposant qu'elle ait pu faire sa connaissance, et se serait demandé à quoi ressemblait la vie en compagnie d'un homme qui voyait la beauté partout et n'avait que faire de l'argent ou de la réussite. Ce soir-là, pour son anniversaire, elle lui préparerait un dîner de fête. Ils avaient des projets d'avenir, des projets comme en font les jeunes couples, car Mlle Vogel et Frank étaient aussi amoureux et pleins d'espoir que des jeunes gens.

— Oh, madame Bari, répéta-t-elle d'une voix sincèrement peinée.

Elle faillit lui demander : « A quoi bon vivre si c'est pour ne regarder que le mauvais côté des choses ? » Mais elle se ravisa, car Mlle Vogel avait appris au contact de ses locataires que l'argent ne fait pas le bonheur. Au lieu de cela, elle déclara que ce n'était pas parce qu'on vieillissait qu'on ne pouvait pas faire de rêves.

Puis, sans un regard en arrière, la tête haute, son cabas rempli de mets délicats, Mlle Vogel sortit dans la rue inondée de soleil.

Traduit par Martine C. Desoille

La gardienne

Ils prendraient un nouveau départ. Cela n'était pas donné à tout le monde, se dit Maura. Trois mois dans un pays au climat doux entourés de gens accueillants. Elle avait déjà reçu des lettres d'épouses d'universitaires lui souhaitant la bienvenue. James devait enseigner en tant que maître de conférences dans cette petite faculté du Midwest. Les billets d'avion étaient payés, et un logement était mis à leur disposition sur le campus.

Le seul problème, c'était leur maison en Irlande. James et Maura vivaient à Dublin dans un quartier dont les habitants soupçonnaient les cambrioleurs de se tapir au creux des buissons soigneusement taillés dans l'attente d'une absence des propriétaires. S'ils s'absentaient trois mois, la propriété serait sans nul doute mise à sac.

Pourtant, pas question de louer. Pour commencer, Maura craignait de ne pas arriver à flanquer les locataires à la porte le moment venu. Des anecdotes à faire dresser les cheveux sur la tête couraient sur ce thème. Ensuite, il lui faudrait mettre toutes ses affaires sous clé. Non, vraiment, ce serait insupportable. Comment pourraient-ils profiter de leur séjour en Amérique s'ils vivaient dans la terreur que tout ce qu'ils possédaient soit saccagé ou dans la hantise de devoir entamer des poursuites pour déloger des locataires malveillants ?

Du côté de la famille, pas de solution non plus. Non sans tristesse, ils étaient tombés d'accord : la mère de James ne ferait pas le poids. Elle perdait la mémoire au point qu'on ne pouvait absolument pas compter sur elle. L'alarme résonnerait nuit et jour sans qu'elle intervienne, ce qui ferait piquer des crises de nerfs aux voisins. Quant à leur chienne Jessie, la mère de James avait beau l'aimer beaucoup, elle oublierait de la nourrir ou lui donnerait n'importe quoi à manger. Il y avait en outre gros à parier qu'elle laisserait Jessie sortir du jardin et que, lorsqu'ils rentreraient du Midwest, la chienne attendrait des petits.

Pas question non plus de demander à Geraldine, la sœur de Maura, de les dépanner. Pour une raison bien simple : elle détestait la gent canine. Elle bondirait de terreur chaque fois que Jessie aboierait pour lui faire une petite fête. Maura craignait aussi que Geraldine n'aille fourrer son nez dans ses tiroirs et ne tripote ses affaires. Si elle voulait s'éviter ce genre de désagrément, il lui faudrait tout cacher et confier Jessie à un chenil. Ça ne valait pas le coup.

Les voisins ? Ce n'étaient pas des gens à qui l'on pouvait confier sa clé. Leurs villas étaient spacieuses, entourées de grands jardins. Rien à voir avec les maisons en terrasse de Coronation Street. D'un côté, les Green, des gens d'un âge certain, dingues de jardinage, qui passaient le plus clair de leur temps enfermés dans leur serre. Des personnes agréables, auxquelles on disait bonjour en passant, mais les relations s'arrêtaient là. De l'autre côté, les Hurley, un couple très médiatisé qui avait fait une carrière fulgurante après avoir créé une entreprise. Ils avaient une tripotée d'enfants : trois à eux, les autres adoptés. La mère de M. Hurley et le père de Mme Hurley résidaient dans les anciennes écuries transformées en loft. Il y avait toujours chez eux au moins trois étudiants de nationalités différentes pour s'occuper des enfants. Difficile de mettre les Hurley à contribution ; ils avaient suffisamment de pain sur la planche comme ça. En fait, ils en faisaient déjà tellement que c'en était écœurant.

— Je me demande comment on va s'en sortir, s'entendit répéter Maura pour la énième fois à James qui, cette fois, ne dissimula pas son agacement.

— Je ne sais pas ce que tu as, on dirait que tu fais une montagne de tout ces temps-ci. La plupart de nos amis sauteraient sur une occasion pareille si elle leur était présentée. Mais toi, tu te noies dans un verre d'eau. Tout te pose problème.

C'était vrai et, en son for intérieur, elle était bien obligée de le reconnaître. D'autres auraient vu dans ce séjour à l'étranger un défi à relever, une aventure qu'il importait de mener à bien. Mais elle se montrait ridiculement vieille pour son âge, considérant cet été dans le Midwest comme une calamité supplémentaire sur une liste déjà longue. Il fallait absolument qu'elle se ressaisisse. Ce voyage aux Etats-Unis était probablement leur dernière chance de remettre leur couple sur pied. Ils se retrouveraient dans un nouvel environnement où ils partageraient tout, comme dix ans auparavant. Ils seraient libres, ils auraient du temps devant eux. Là-bas, James ne travaillerait pas jusqu'à des heures indues comme à Dublin. Il ne s'arrêterait pas pour prendre un verre au club au lieu de rentrer directement à la maison. Il ne s'inventerait pas des tâches urgentes le week-end pour fuir la maison et la perspective de passer son temps à la réparer et à l'embellir.

Maura se secoua. Après tout, elle avait de la ressource. N'était-ce pas grâce à ce trait de caractère qu'elle avait fait la connaissance de James ? Il enseignait à l'université où elle était étudiante, et tous l'adoraient. N'empêche que c'était elle qui avait réussi à faire sa conquête. Elle aussi qui avait déniché la maison. C'était bien d'être tenace et d'avoir l'esprit pratique. D'ailleurs, c'est ce qui les avait sauvés tous les deux lorsque le petit Jimmy était décédé à l'âge de trois mois. Mort subite du nourrisson. Maura avait dessiné le jardin, réalisé les plantations, acheté un chiot. Un colley. James avait toujours dit qu'à cette époque elle avait fait preuve d'une force de caractère absolument stupéfiante.

Seulement cela remontait à six ans, et depuis les choses avaient changé. Et pas seulement à cause de la disparition de leur petit garçon. Tous deux en étaient conscients. Un fossé s'était creusé entre eux, que rien ne semblait pouvoir combler. Certes, il y avait des tas de choses qu'ils partageaient — la maison, le jardin, les promenades avec Jessie —, mais il y avait aussi des silences qui pesaient lourd. Et ce n'était pas la venue d'un autre enfant qui aurait pu cimenter leur union. James passait de plus en plus de temps à l'université. Et Maura au bureau, où elle faisait un travail routinier et stupide qui ne lui plaisait pas vraiment mais qui avait le mérite de lui permettre de penser à sa maison et aux améliorations qu'elle pourrait y apporter.

L'agacement de James fit comprendre à Maura qu'il lui fallait absolument régler le problème de la maison au plus vite.

— Je vais m'en occuper, dit-elle d'un ton rassurant. Je vais trouver une solution. Tu as suffisamment à faire avec les cours que tu dois préparer.

James se rasséréna, retrouvant sa physionomie d'antan.

— J'aime mieux t'entendre parler comme ça.

Il était très beau quand il souriait. Avec un coup au cœur, Maura se rappela que trois mariages au moins avaient capoté à l'université. A l'époque, cela avait été un choc. Le scandale avait été énorme ; mais maintenant les trois divorcés avaient refait leur vie. Le scandale s'était tassé, l'agitation calmée, sauf bien entendu dans le cœur des trois épouses délaissées. Elle se dit qu'il n'était pas exclu que son ménage suive le même chemin. Que cela ne tenait qu'à un fil. Il suffirait qu'une autre femme jette son dévolu sur James, le serre de près. Et qu'elle-même se montre assez idiote pour lui donner envie de fuir en l'assommant avec ses petits problèmes personnels et sa manie de faire une montagne d'une taupinière.

Elle passa la journée du lendemain pendue au téléphone. Est-ce que quelqu'un ne connaîtrait pas quelqu'un... Et elle finit par aboutir. Une ancienne camarade de lycée, que Maura n'avait pas vue depuis des années, lui suggéra de faire appel à Allie.

— Une Arabe ? dit Maura, les Hurley ayant chez eux pour un an un étudiant arabe du nom d'Ali.

— Non, pas Ali. Allie. C'est le diminutif d'Alice. Elle fait du gardiennage de maison.

— Elle travaille pour une organisation qui a pignon sur rue ? Elle se fait payer ?

L'ancienne condisciple de Maura, une fille insignifiante prénommée Patsy, s'empressa de dire que non.

— Elle a notre âge, mais elle paraît nettement plus jeune. Elle n'a pas de domicile fixe, pas de boulot, elle va d'un endroit à un autre pour garder des appartements et des maisons.

— Je ne sais pas si on peut lui faire confiance. Elle n'a pas l'air très fiable, répondit Maura d'un ton désapprobateur.

— Détrompe-toi. Elle a fait du très bon travail chez nous, affirma Patsy d'une voix où perçait cependant un soupçon de réticence.

— Qu'est-ce qu'elle fabriquait chez toi toute la sainte journée ?

— Aucune idée. Tout ce que je sais, c'est qu'à notre retour de Bruxelles nous avons trouvé la villa dans un état impeccable et que les voisins ne tarissaient pas d'éloges à son sujet.

Patsy semblant quand même légèrement réservée, Maura se demanda si elle lui disait bien toute la vérité.

— Elle ne t'a pas plu, cette fille. Avoue-le.

Patsy s'énerva :

— Bon sang, Maura, tu m'as demandé de te dénicher quelqu'un pour s'occuper de ta maison, je t'ai trouvé quelqu'un. Maintenant tu me demandes si je l'ai trouvée sympathique. Comment te répondre ? C'est à peine si je l'ai vue. Deux fois avant notre départ et une fois à notre retour. Elle a tenu ses engagements. Que demander de plus ?

Maura remercia Patsy en hâte et nota le numéro de téléphone d'Allie. Celle-ci tenait pour l'instant une galerie d'art. Elle déclara qu'elle serait enchantée de s'occuper d'une maison avec un chien et un jardin.

— Et deux oiseaux, ajouta Maura.

— J'adore les oiseaux. Génial.

A l'entendre, on aurait juré qu'elle avait dix-huit ans à tout casser, certainement pas trente-cinq. Lorsqu'ils firent sa connaissance, ils constatèrent qu'elle n'avait pas seulement la voix d'une adolescente mais qu'elle en avait aussi l'allure.

Les longs cheveux bruns d'Allie étaient joliment bouclés. Le genre de chevelure qu'on pouvait se contenter de laver et de laisser sécher au soleil. Elle avait un sourire qui illuminait son visage, de longues jambes dorées, et elle était vêtue d'une robe en jean que Maura trouva bien trop courte.

Allie s'assit dans l'herbe tout en bavardant avec eux dehors. Elle souriait à James, et Maura en éprouva un ressentiment qui la stupéfia. Non seulement Allie pouvait s'asseoir par terre avec grâce, mais elle regardait James d'une drôle de façon. Pas comme une aguicheuse, non, simplement comme quelqu'un qui prend un vif intérêt à la conversation de son interlocuteur. Allie hochait vigoureusement la tête, secouait ses jolies boucles. Elle réagissait à la moindre des paroles de James et ne faisait pas semblant. Elle ne se contentait pas de grommeler comme Maura le faisait lorsque James s'adressait à elle.

A vrai dire, songea Maura en s'efforçant d'être impartiale, Allie semblait tout aussi intéressée par elle. Elle questionna Maura sur son travail, et même James parut surpris des réponses de sa femme à propos de son train-train quotidien.

— J'ignorais cela, remarqua-t-il.

Maura se rendit alors compte avec un coup au cœur que c'était à peine si elle parlait encore à James de son travail, si ce n'était pour se plaindre du patron, du mal qu'elle avait à se garer ou de sa difficulté à faire deux, trois courses à l'heure du déjeuner.

Dans un grand carnet rouge, Allie nota toutes les adresses dont elle aurait besoin. Manifestement dotée d'un esprit pratique, elle insista pour qu'on lui fournisse les coordonnées des plombiers et des électriciens, ainsi que le numéro à appeler au cas où il y aurait une fuite de gaz. Elle leur demanda de mettre leur argenterie au coffre à la banque, de trier soigneusement papiers et documents personnels et de les enfermer à clé dans un placard.

— Pourquoi ? C'est inutile, dit James avec ce sourire légèrement niais des hommes qui ont une trentaine bien sonnée.

— Détrompez-vous, décréta Allie. Voyez-vous, contrairement à vous, j'ai de l'expérience en matière de gardiennage. Lorsque vous serez en

Amérique, vous vous souviendrez tout à coup que vous avez laissé traîner des papiers que vous auriez dû mettre en lieu sûr. Si vous les rangez, vous n'aurez pas ce problème. En outre, vous ne pourrez pas me demander non plus de régler la facture de votre dentiste ni de retrouver votre feuille d'impôts si tout est rangé. C'est également une façon de me protéger.

Allie, qui avait un rire merveilleux, rejeta la tête en arrière et rit comme une enfant. Ses dents étaient parfaites, son cou était long et bronzé.

Maura se surprit à remettre ses cheveux en place. Elle se sentait vieille, fanée, avec son collant et ses chaussures, à côté de cette ravissante créature aux jambes de gazelle, chaussée de simples tennis. Et puis elle se dit que si elle avait remarqué la longueur des jambes d'Allie, James l'avait certainement remarquée lui aussi.

Allie voulut savoir s'ils avaient des parents, des amis, nota leurs noms et numéros de téléphone. Elle prit bonne note du fait que la sœur de Maura avait les chiens en horreur et que la mère de James oubliait de fermer les portes à clé. Elle comprenait tout au quart de tour. Allie leur dit qu'elle leur écrirait toutes les semaines pour les tenir au courant. Elle voulut également savoir comment gérer les messages téléphoniques et faire suivre leur courrier.

— Eh bien, je crois que le Seigneur a exaucé nos prières, dit James une fois qu'Allie fut partie.

Maura eut l'impression qu'il y allait un peu fort et ne lui rendait pas vraiment justice. N'était-ce pas elle qui avait déniché cette perle ?

— Tu oublies mon amie Patsy, répondit-elle non sans ressentiment.

— C'est vrai, reconnut James du bout des lèvres. N'est-ce pas que cette fille est un trésor ? Exactement l'oiseau rare dont nous avions besoin, dit-il d'un ton enthousiaste. Jamais je n'aurais cru qu'une fille pareille puisse exister.

L'estomac de Maura se noua. Il lui sembla recevoir un choc. Mais pas question de laisser transparaître son inquiétude.

— Oui, elle a l'air formidable.

— Tu t'es vraiment bien débrouillée.

Maura sentit sa nuque devenir moite. Assise dans le jardin, elle sut qu'elle se souviendrait éternellement de cet instant. De l'heure et de la date, de la façon dont elle était installée dans le fauteuil de rotin, caressant la tête soyeuse de Jessie. Maura comprit avec une lucidité soudaine qu'Allie allait introduire un élément de danger dans sa vie. Un danger réel, menaçant tout ce qu'elle avait accompli jusqu'alors.

Elle s'était souvent demandé comment les femmes réagissaient lorsqu'elles savaient. Mais elle se dit qu'il ne devait pas y en avoir beaucoup qui avaient cette prescience. Les autres épouses devaient attendre des preuves ou bien qu'une amie leur raconte en chuchotant à l'oreille ce qui se passait. Ou, pire encore, que leur mari leur annonce qu'il avait quelque chose à leur dire.

Maura se demanda si c'était mieux de savoir si longtemps à l'avance. Cela lui conférait-il un avantage sur les autres ? Cela lui donnait-il la possibilité de marquer des points dans le jeu consistant à tenter de garder James et à l'empêcher de succomber à la sirène qui l'avait déjà conquis ?

Maura trouvait ridicule d'essayer de faire concurrence à Allie. Elle avait d'épais cheveux blonds : pas question de se retrouver comme par miracle dotée de boucles brunes qu'elle pourrait faire danser sur ses épaules. Sa bouche était petite ; jadis elle avait considéré cela comme un atout, mais maintenant elle se rendait compte que cette particularité jouait contre elle. Maura avait des jambes et des bras d'un blanc décourageant, rien à voir avec ceux d'Allie qui étaient couleur pain d'épice. Allie avait tous les atouts de son côté. Et elle risquait fort d'emporter le morceau si les deux femmes se posaient en rivales.

Ils la virent encore une fois avant de partir, très exactement le matin même de leur départ. Elle avait apporté ses draps, qui dépassaient d'un grand cabas de paille.

— Vous n'avez que ça comme bagages ? s'étonna Maura en s'efforçant de ne pas parler comme si elle avait été la mère ou l'institutrice de la jeune femme.

Allie lui renvoya un sourire à fossettes.

— Je suis une bohémienne, une fille du vent. Je n'ai besoin de rien, je me sers des objets des autres. Je regarderai votre télévision, je me servirai de votre réveil, j'écouterai votre radio, je ferai chauffer mon eau dans votre bouilloire. Je n'éprouve pas la nécessité de m'encombrer.

James buvait les paroles d'Allie, tout en examinant ses draps. De jolis draps bleus, parsemés de fleurs roses et bordés de dentelle. Maura comprit que ses draps-housses blancs et roses étaient bien tristounets comparés à ceux-là. Elle n'avait jamais eu de mal à déchiffrer la façon dont raisonnait James. Il était très simple et très direct. Il allait de A à B sans la moindre hésitation. Aussi ne fut-elle pas surprise par sa question.

— Au fait, Allie, nous ne vous avons jamais posé la question, mais est-ce qu'il y a quelqu'un, un ami... un jeune homme...

— Allie peut inviter qui elle veut ici, trancha Maura d'un ton un peu sec.

— Non, reprit James, ce n'est pas ce que je voulais dire.

Maura trouva son air pathétique : manifestement, il mourait d'envie de savoir si la jeune femme avait quelqu'un dans sa vie. Maura retint son souffle, mais sans le moindre espoir. Ce qu'elle avait éprouvé alors qu'elle était assise dans le fauteuil de jardin n'était pas un soupçon mais plutôt une prémonition. Elle ne craignait pas que cette appétissante créature couleur pain d'épice détruise sa vie : elle savait que c'était ce qui allait se produire.

— Oh, ne vous inquiétez pas pour ça, James, répondit Allie avec un petit rire. Je suis libre comme l'air en ce moment. Je n'ai personne.

— Voilà une situation qui ne va pas s'éterniser, dit James.

Maura ne put s'empêcher de le trouver ridicule.

— Au risque de vous étonner, poursuivit Allie avec un sourire désarmant, je suis du genre à attendre que se présente l'homme idéal.

Maura se dit qu'en l'occurrence Allie devrait attendre trois mois vu que James, l'homme idéal, s'absentait du pays l'espace d'un trimestre, mais qu'elle attendrait, et de pied ferme, son retour.

La jeune femme leur écrivit toutes les semaines, s'adressant à Maura, ce qui était sans doute une ruse de sa part. Elle parlait de ses longues promenades sur la plage de Killiney, où elle jetait des bouts de bois à Jessie, qui courait les chercher ; elle bavardait avec la mère de James. Une femme remarquable pour son âge, qui racontait des anecdotes tellement intéressantes sur l'année qu'elle avait passée en Afrique.

— Pauvre Maman, dit James avec émotion, elle doit être contente d'avoir un public attentif.

Allie avait contacté Geraldine, la sœur de Maura, et elles s'étaient fréquemment rendu visite. Maura espéra que Geraldine n'en profiterait pas pour passer la voir quand bon lui semblerait une fois qu'ils seraient rentrés en Irlande.

Geraldine avait été terrorisée par un chien lorsqu'elle était enfant, d'où sa phobie de ces animaux.

— J'ignorais ce détail, dit James.

— Moi aussi, fit Maura.

Le séjour sur le campus américain paraissait être un succès. Mais pas un franc succès.

Bien sûr, ils eurent l'occasion de se rapprocher : soirées en tête à tête, promenades... Le stress de la vie à Dublin et les tracas causés par la circulation leur étaient épargnés car ils vivaient au centre de tout. Ils n'étaient pas tenus de rendre visite aux uns et aux autres ; le téléphone ne les dérangeait pas outre mesure ; seuls quelques voisins leur proposaient de venir prendre un verre ou les invitaient à un barbecue.

Mais la semaine semblait se passer dans l'attente des lettres d'Allie.

— Tu te rends compte, dit James, les Hurley l'ont conviée à dîner.

Maura l'avait remarqué, elle aussi.

— C'est très gentil à eux. Ils n'ont pas leur pareil pour s'occuper des paumés.

James trouva la formulation malheureuse et fronça les sourcils.

— Je doute qu'ils aient mis notre Allie dans la catégorie des paumés.

Maura n'apprécia pas d'entendre son mari

appeler la jeune femme « notre » Allie. Elle fut également furieuse d'apprendre dans une autre missive que Mme Green allait beaucoup mieux et ne tarderait pas à sortir de l'hôpital avec sa hanche toute neuve.

— J'ignorais...

— Moi aussi, le coupa Maura, j'ignorais qu'on lui avait posé une prothèse de la hanche. Les Green sont décidément des cachottiers.

— Plus maintenant, dit James.

— Tu crois qu'il faut leur envoyer une carte ? demanda Maura.

— Tu as toujours eu peur de les avoir sur le dos.

— Oui, mais... maintenant qu'on nous les a collés... répondit-elle tout en sentant que sa voix manquait sérieusement d'indulgence.

— Fais comme tu l'entends.

Il semblait à des millions de kilomètres de là. Dans cette maison, dans ce jardin, entre ces draps fleuris, en bons termes avec les voisins. Maura sentit de nouveau son estomac se nouer. Elle se revit assise dans le fauteuil de rotin, une main flattant le poil velouté de Jessie.

Il y eut comme un petit courant d'air glacé dans la tiédeur de cette soirée américaine, et elle frissonna.

— Ça va ? demanda-t-il, inquiet.

Il serait toujours gentil avec elle, il ferait en sorte que les choses se passent aussi bien que possible. Elle se projeta dans l'avenir. Il viendrait la voir une fois par an pour parler placements et discuter de la toiture qui aurait besoin d'être refaite.

Mais où se verraient-ils ? Jamais elle ne renoncerait à la maison, jamais elle ne quitterait cet endroit pour laisser Allie s'y installer : elle l'aimait trop, elle lui avait consacré trop de temps au cours de ces dix dernières années.

S'il le fallait, elle y vivrait seule. Ses yeux s'emplirent de larmes.

— Tu m'as l'air tendue, mal à l'aise. Si tu veux, on peut rentrer plus tôt. Je peux m'arranger pour les cours...

— Et Allie, tu as pensé à Allie ? Normalement, elle est chez nous pour trois mois.

— Rien ne l'empêchera de rester lorsque nous serons rentrés, en attendant qu'elle ait trouvé une autre maison à garder. Elle n'est pas du genre à s'offusquer pour si peu, notre Allie.

Maura décréta qu'elle n'était pas tendue, qu'elle se plaisait beaucoup en Amérique et qu'elle n'avait aucunement l'intention de rentrer plus tôt. Elle avait conscience que son sourire manquait d'ampleur, faisait étriqué. A moins de recourir à la chirurgie esthétique, jamais elle n'aurait le sourire éblouissant d'Allie.

Ils regagnèrent l'Irlande par une magnifique journée de septembre. Maura téléphona à Allie de l'aéroport.

— Alors, comment l'as-tu trouvée au bout du fil ? demanda impatiemment James.

Maura aurait bien voulu lui dire qu'elle s'était exprimée comme une écolière, riant, leur souhaitant la bienvenue, les mots se bousculant sur ses lèvres. Au lieu de quoi elle lui dit simplement qu'elle avait trouvé Allie en forme et que cette dernière avait organisé une petite fête pour leur retour.

— Vraiment adorable de sa part, déclara James avec un sourire heureux. Des amis à elle, je suppose ?

— Non, à nous, je crois.

— Mais nous n'en avons pourtant pas tant que ça, dit James d'un air absent.

— Bien sûr que si, répondit sèchement Maura.

Autour d'eux à l'aéroport de Dublin, les voyageurs, accueillis par leurs proches, étaient congratulés et embrassés. Maura et James poussèrent leur chariot à bagages vers un taxi sans que quiconque leur adresse la parole.

— Si on avait voulu, on aurait pu être attendus, nous aussi, dit Maura sans que James lui eût posé la moindre question.

Allie avait dressé une table sur la pelouse, où elle avait posé des vases de fleurs et des pichets de sangria. La mère de James était là pour donner un coup de main et elle paraissait se sentir vraiment utile. Geraldine était là aussi, accompagnée de son mari, le taciturne Maurice, qui pour une fois bavardait avec animation avec M. et Mme Green, évoquant le succès de l'opération. Les Hurley étaient présents avec leur nombreuse famille et toutes ses pièces rapportées. Les enfants semblaient bien connaître Allie. Maura dut se faire violence pour se rappeler leurs prénoms tant ils étaient nombreux. Un couple qui habitait en face mais que ni Maura ni James ne connaissaient était là, au milieu des invités.

— J'espère que nous ne vous dérangeons pas, dit la femme. Mais, voyez-vous, Allie a tellement insisté, elle nous a assuré que vous seriez heureuse d'avoir tout le monde.

— Et elle a eu bien raison, répondit Maura en s'efforçant de mettre dans son intonation l'enthousiasme qui aurait dû s'y trouver.

— Allez prendre une douche, vous devez être exténués, suggéra Allie qui pensait décidément à tout.

Maura se planta sous le jet tandis que James se rasait devant la glace.

— Cette fille est étonnante, répéta-t-il au moins trois fois.

Il avait hâte de descendre rejoindre la petite troupe qui s'amusait.

— C'est vraiment une idée géniale qu'elle a eue, ajouta-t-il.

— Tu as raison, répondit Maura d'une voix tremblante en espérant que le bruit de l'eau dissimulerait le sanglot qui lui avait échappé. Une idée géniale. Descends, je te rejoins dans une minute.

Dans sa chambre, elle essaya de trouver des vêtements adaptés à l'occasion. Mais il lui semblait ne voir que des jupes, des robes et des chemisiers vieillots qui lui donnaient l'air d'une grand-mère.

Allie devait partir dans l'après-midi ; elle ne détruirait pas la vie de Maura en lui arrachant son mari. La prochaine maison qu'elle devait garder se trouvait en France : une ferme en Dordogne.

Il n'empêche qu'assise ce fameux jour dans le fauteuil de rotin Maura avait vu juste : Allie avait brisé sa vie. Elle avait ouvert des portes et laissé entrevoir à tout le monde combien les choses pouvaient être merveilleuses. Malheureusement, les merveilles ne duraient qu'un temps. La mère de James ne raconterait plus jamais de longues anecdotes sur l'Afrique, Geraldine ne serait pas invitée chez Maura pour lui confier des histoires de chiens qui l'avaient traumatisée lorsqu'elle était petite. Les Green se retireraient dans leur serre et les Hurley battraient en retraite derrière leur haie. Les voisins d'en face ne se risqueraient plus jamais à traverser la rue. James froncerait les sourcils en permanence sans savoir pourquoi, et seule Maura saurait que rien ne serait plus jamais comme avant.

Traduit par Dominique Wattwiller

Voyage organisé

Ils s'étaient rencontrés à l'occasion d'un réveillon, et soudain le monde autour d'eux s'était illuminé.

Ils s'entendaient « comme larrons en foire », une drôle d'expression quand on y réfléchissait bien, qui ne laissait pas deviner grand-chose de ce que peuvent éprouver deux jeunes gens qui se rencontrent et découvrent qu'ils ont un tas de points communs. L'âge par exemple : tous deux avaient un quart de siècle. Shane était employé de banque, et Moya travaillait dans une compagnie d'assurances. Shane était originaire de Galway, où il retournait chaque mois, et Moya était de Clare, où elle retournait toutes les trois semaines. La mère de Shane n'était pas commode, elle voulait que son fils soit prêtre. Le père de Moya était assez strict lui aussi, et elle avait été obligée de lui raconter qu'elle vivait dans un foyer pour jeunes filles à Dublin, et non pas dans un studio indépendant.

Shane jouait au squash parce qu'il n'avait pas envie d'avoir un infarctus ou, pire encore, d'engraisser et de se faire doubler par des collègues sveltes aux dents longues sur le tableau d'avancement. Moya se rendait au club de gym deux fois par semaine parce qu'elle voulait ressembler à Jane Fonda plus tard, quand elle serait vieille, et aussi pour être en forme au moment des vacances.

Tous deux adoraient voyager, et, à l'occasion de leur premier dîner en tête à tête, Shane fit à Moya un récit détaillé de ses voyages en Tunisie, en Yougoslavie et en Italie. Moya lui raconta ses séjours à Tanger, en Turquie et à Chypre. Contrairement à leurs amis, ils pensaient que des vacances à l'étranger étaient le meilleur moment de l'année. Les amies de Moya, elles, dépensaient tout leur argent en vêtements, tandis que ceux de Shane le dépensaient en voitures et en alcools.

Le destin avait donc voulu qu'ils trouvent l'âme sœur un soir de réveillon, autour d'une coupe de champagne. Ils étaient faits l'un pour l'autre, c'était écrit dans les astres.

Lorsque, au mois de janvier, les catalogues de vacances parurent, Moya et Shane furent les premiers à se les procurer. Ils en rassemblèrent toute une collection qu'ils passèrent méthodiquement au crible, dressant la liste des offres spéciales et des destinations économiques en basse et moyenne saison, « deux semaines payantes, la troisième gratuite ».

Shane et Moya savaient lire entre les lignes. Les pergolas croulant sous de luxuriantes cascades de fleurs étaient généralement des nids à moustiques. Une vue panoramique du port laissait supposer que l'hôtel était perché au sommet d'une colline impitoyable. « Modeste » était peut-être une façon de dire qu'il n'y avait pas l'eau courante, et « sophistiqué » signifiait probablement que la discothèque était ouverte toute la nuit.

Mais ce qui les contrariait le plus, c'était le supplément pour chambre individuelle. Comment osait-on pénaliser les gens sous prétexte qu'ils étaient seuls ? De quel droit les agences de voyages obligeaient-elles leurs clients à voyager deux par deux comme des toutous au bout d'une laisse ? Et pourquoi ceux-là se pliaient-ils aveuglément à cette règle ? Moya connaissait des gens qui prenaient leurs vacances pendant la première quinzaine de juin et choisissaient leurs compagnons de voyage en fonction de ce seul critère. Shane connaissait quant à lui deux copains qui étaient ainsi partis en Espagne et en étaient revenus fâchés à mort.

Mais, à mesure que les mois passaient et qu'ils se voyaient de plus en plus souvent, le choix de séjours qui s'offrait à eux diminuait, et il devenait de plus en plus évident qu'ils allaient devoir partir ensemble cet été. C'était une fatalité.

Ils en convinrent tous deux un soir au-dessus d'un plat de spaghettis.

Ayant procédé par élimination, ils devaient désormais choisir entre les lacs italiens et la Crète. Curieusement, ils eurent la révélation au même moment : cette année, ils iraient en Crète. Il leur restait cependant à résoudre le problème de la chambre.

Ils n'étaient pas encore amants et ne voulaient pas précipiter les choses parce qu'ils étaient obligés de prendre une chambre double. Ils ne voulaient pas non plus les repousser indéfiniment sous prétexte qu'ils avaient pris deux chambres séparées. Selon Shane, le plus simple était encore de louer une chambre avec deux lits séparés. Il suffisait de le préciser au moment de la réservation. Une chambre à deux lits, et pas une chambre double.

Chacun assura à l'autre qu'il était un adulte responsable. Ils pouvaient tout à fait dormir dans deux lits séparés et, au cas où... après mûre réflexion... à condition que la chose fût décidée d'un commun accord et non pas par l'un des deux partenaires cherchant à faire pression sur l'autre... s'ils voulaient dormir dans le même lit... si étroit fût-il... la chose serait alors parfaitement envisageable.

S'étant félicités de leur maturité, ils s'empressèrent de verser des arrhes. Ils avaient choisi un hôtel de catégorie intermédiaire, dans une station balnéaire encore relativement peu fréquentée, et donc pas encore complètement défigurée par le tourisme. Ils avaient choisi le mois de juin afin d'éviter la cohue estivale. Chacun avait cassé sa tirelire. Cette année serait la plus belle de leur vie, et ce voyage marquerait le début d'une longue suite de merveilleux voyages qu'ils feraient ensemble autour du monde.

Ce n'est qu'en mars que les premiers nuages commencèrent à s'amonceler à l'horizon. Alors qu'ils étaient en train de feuilleter un magazine, Shane attira l'attention de Moya sur une grosse valise à roulettes assortie d'une autre, identique, mais plus petite. N'étaient-elles pas superbes ? Pas données, certes, mais tentantes malgré tout.

Moya crut tout d'abord qu'elle n'avait pas regardé à la bonne page. C'était le genre de valises que les Américains emportaient avec eux quand ils partaient faire le tour du monde.

Shane crut lui aussi que Moya n'avait pas regardé à la bonne page. C'étaient des valises on ne peut plus normales, mais élégantes et faciles à repérer sur le tapis roulant, à l'aéroport. Idéales pour partir deux semaines en vacances.

— Mais pour combien de personnes ? demanda Moya en roulant des yeux effarés.

A eux deux, ils n'avaient même pas de quoi remplir le petit modèle.

— Mais pour une seule, répondit Shane, l'air étonné. Moi.

Un nuage gris passa soudain entre les deux jeunes gens. Jusque-là, leur relation avait été parfaite, et voilà que, brusquement, le non-dit commençait à s'installer entre eux. Combien de couples, parmi leurs amis, avaient échoué précisément parce que les partenaires n'avaient pas su mettre les pendules à l'heure ? Pas question que Shane et Moya tombent dans le même piège. Ni l'un ni l'autre ne semblait toutefois capable d'aborder ouvertement le sujet des valises. Un trou béant s'était creusé entre eux.

Pourtant, dans d'autres domaines, ils s'entendaient à merveille. Ils aimaient faire de longues promenades sur le port, jouer au squash ou aller au club de gym, et appréciaient la compagnie de leurs amis respectifs. Si bien qu'ils parvinrent malgré tout à jeter un voile sur le malentendu de la valise.

Jusqu'au mois d'avril, où une autre tempête éclata entre eux.

C'était l'anniversaire de Moya. Lorsqu'elle ouvrit le cadeau de Shane, elle n'en crut pas ses yeux : un fer à repasser de voyage. Elle se mit à le tourner et à le retourner dans tous les sens, l'examinant sous toutes ses coutures. Hélas, il s'agissait bien d'un fer à repasser.

— Il est superbe, dit-elle du bout des lèvres.

Shane lui dit alors que les femmes aimaient bien avoir un fer à repasser sous la main quand elles partaient en voyage, et il conseilla à Moya de garder le papier d'emballage : il n'y avait rien de tel pour empêcher les vêtements de se froisser dans les valises.

Moya se laissa brusquement choir sur une chaise. Pour parler d'autre chose, elle demanda à Shane combien de chemises il avait l'intention d'emporter en voyage. Une quinzaine environ, répondit celui-ci, plus celle qu'il portait sur lui, ainsi que quelques polos et T-shirts.

— Vingt en tout ? dit Moya d'une voix blanche.

— Environ.

Plus une vingtaine de paires de chaussettes et de slips, à quelque chose près. Ainsi qu'un assortiment de chaussures et de ceintures, et un chapeau de soleil, naturellement.

Shane avait dit cela en lui décochant son plus beau sourire, et Moya s'attendait à ce qu'il ajoute aussitôt : « Je t'ai bien eue, hein ? » Ils seraient ensuite tombés amoureusement dans les bras l'un de l'autre. Mais Shane n'en fit rien.

De son côté, il espérait que Moya allait mettre un terme à cet interrogatoire. Et puis pourquoi prenait-elle cette voix tremblante pour lui poser des questions aussi terre à terre ? On aurait dit qu'elle lui demandait s'il se brossait les dents chaque matin ou s'il mettait un slip avant de quitter la maison. Il la dévisagea un long moment, l'air perplexe. Etait-ce une façon de lui faire comprendre qu'elle voulait qu'il s'intéresse à ce qu'elle comptait emporter, elle aussi ? Devait-il l'interroger sur sa garde-robe ?

Il aurait mieux fait de s'abstenir. Car il s'avéra que Moya n'avait, de sa vie, jamais eu besoin de faire enregistrer ses bagages à l'aéroport, pour la simple et bonne raison qu'elle n'emportait qu'un sac de sport, suffisamment petit pour pouvoir être glissé aisément sous un siège d'avion. Elle prévoyait de ne prendre que trois slips, trois soutiens-gorge, trois hauts, trois jupes et trois maillots de bain. Ainsi qu'une trousse de toilette, une paire de claquettes et un petit sachet de lessive.

Pour elle, quand on était en vacances, on ne faisait pas la queue à l'aéroport pour récupérer ses valises, et on ne se mettait pas sur son trente et un pour aller dîner. Quant à rentrer chez soi avec des valises pleines de linge sale, cela ne lui serait jamais venu à l'idée. Pas plus qu'il ne serait venu à l'idée de Shane de faire une lessive en voyage.

— Mais ça ne prend que quelques minutes, plaida Moya.

— Mais ça ne prend même pas une minute quand on a suffisamment de vêtements de rechange, répliqua Shane.

— Et qui est-ce qui va porter les bagages ? demanda Moya en soupirant.

— Si tu crois que j'ai envie de voir toutes tes affaires en train de sécher quand je prendrai mon bain, répondit Shane.

Ils en débattirent calmement, comme ils s'étaient promis de le faire en toutes circonstances. Mais au-dessus de leurs têtes l'arc-en-ciel avait disparu.

S'ils s'étaient rencontrés en vacances, elle avec son sac de sport miteux et lui avec ses énormes valises, ils auraient su d'emblée à quoi s'en tenir. Ils auraient tout de suite compris qu'ils n'étaient pas faits pour voyager ensemble, et auraient peut-être ainsi pu éviter de tomber amoureux et s'épargner un choc épouvantable alors même qu'ils étaient au zénith de l'amour.

Cependant, Moya et Shane avaient l'esprit pratique. Peut-être qu'en payant le supplément pour chambre individuelle la situation finirait par s'arranger. Ainsi, Moya ne serait pas obligée de subir la vue insultante de la garde-robe de pacha de Shane, et Shane ne serait pas importuné par celle des petites culottes de Moya séchant un peu partout.

Mais la crise était en réalité beaucoup plus profonde et leur avait révélé qu'ils étaient radicalement différents l'un de l'autre, au point qu'il leur était impossible de passer deux semaines de vacances ensemble, sans parler d'une vie entière.

Le bon sens finit par l'emporter, et les deux amis retournèrent à l'agence de voyages, afin d'échanger leurs billets contre une nouvelle formule de séjour. Ils partiraient séparément, sous des cieux différents, chacun emportant avec lui ses rêves et ses espoirs.

Traduit par Martine C. Desoille

L'apprentissage

Ce mariage s'annonçait comme l'un des plus élégants de l'année. Florrie songea que, si on lui avait prédit à sa naissance — un quart de siècle plus tôt — qu'elle serait invitée à une manifestation de ce genre, elle ne l'aurait pas cru. Une fillette née dans une minuscule maison d'une modeste rue de Wigan n'avait guère de chances d'être la meilleure amie de l'heureuse élue qui allait prendre époux au cours de ce que la presse qualifiait de mariage de la décennie. Si seulement sa mère était encore en vie, si seulement son père s'intéressait un tant soit peu à elle. Voilà qui leur aurait fourni un excellent sujet de conversation, une récompense pour leurs longues heures de labeur et les espoirs qu'ils avaient mis en elle.

Florrie aurait son portrait dans les journaux du lendemain, peut-être même l'apercevrait-on aux infos télévisées du soir. A coup sûr, elle paraîtrait dans les magazines les plus luxueux, son chapeau à lui seul lui vaudrait les honneurs de la presse.

On la verrait riant et bavardant avec un jeune et séduisant aristocrate. Ce ne serait pas bien difficile car, contrairement aux autres mariages élégants, il n'y aurait certainement pas beaucoup d'amies de la mariée dans les parages. Quant aux copains du marié, tous gens de cheval, ils ne seraient certainement pas aussi photogéniques qu'elle. Non, Florrie était sûre d'avoir les honneurs du *Tatler* et de *Harper's*. Et elle y serait à son avantage car elle maîtrisait l'art de sourire sans exhiber toutes ses dents et de redresser le menton de façon à donner à son cou une allure patricienne.

Elle savait qu'il valait mieux ne pas se laisser surprendre par l'objectif un verre à la main et qu'elle devait avoir l'air absolument fascinée par le type qui lui hurlait dans les oreilles.

Si Florrie savait tout cela, c'est parce qu'elle l'avait appris. A la dure. Comme elle n'avait jamais rien appris en classe. Il y avait longtemps de cela, dans un endroit différent, à une époque différente, en compagnie de Camilla. A ce détail près que Camilla se prénommait encore simplement Ruby. A l'époque où Ruby était la grande copine de Florrie. Ce qu'elles étaient restées, d'ailleurs. La rubrique mondaine risquait de faire de Florrie une des meilleures amies de la mariée. Toutefois les spécialistes des potins ne préciseraient pas qu'elles avaient grandi ensemble, partagé des sandwiches grignotés sur les marches du perron, collectionné les revues sur papier glacé pour pouvoir lire les pages des échos mondains et découvrir comment vivaient les gens qui appartenaient à un autre univers qu'elles. Un univers différent, plus fortuné.

Très jeunes déjà, Ruby et Florrie avaient commencé à étudier la question. Et même les plus soupçonneux des observateurs ne pourraient trouver aujourd'hui à redire au comportement de Camilla ni la surprendre en flagrant délit de mensonge. Camilla avait toujours déclaré qu'elle était originaire du Nord, que ses parents étaient décédés, qu'elle n'avait pratiquement plus de famille. Mieux valait s'en tenir à la vérité, mieux valait coller le plus possible à la réalité, avait-elle conseillé à Florrie. « Ainsi tu donnes aux journalistes moins d'occasions de te pincer en train de mentir. » Même si la presse découvrait qu'elle s'était jadis appelée Ruby, Camilla avait une parade toute prête : elle leur assurerait que Ruby était un surnom. Elle trouvait à Florrie un cran fou d'avoir conservé son prénom. Quelle personnalité, c'était admirable ! Si Florrie avait gardé son nom, c'était parce qu'elle avait de la mémoire et se souvenait encore de sa mère la serrant dans ses bras lorsqu'elle était petite.

— J'ai eu une poupée qui s'appelait Florrie dans le temps, lui avait confié sa mère. Jamais je ne pensais qu'un jour j'aurais un bébé à moi, un beau bébé à dorloter.

Florrie avait trois ans lorsqu'elle avait entendu ces paroles, elle n'était donc plus vraiment un bébé ; elle l'était encore moins lorsque sa mère, après l'avoir habillée pour aller à l'école, lui prenait doucement le visage entre les mains qu'elle avait rêches et rouges. « Florrie, murmurait-elle d'une voix extatique emplie d'amour. Quel beau nom pour une fillette ! On voulait que je t'appelle Caroline mais moi je voulais que tu aies un beau prénom, un prénom que tu aimerais. Florence, ça signifie fleur. Petite Florrie, jolie petite fleur. »

La mère de Ruby avait peut-être pensé que sa fille était un trésor, un petit bijou. Peut-être même le lui avait-elle assuré. Mais Camilla ne s'en était jamais vantée. Camilla était étrangement silencieuse sur le chapitre de ses parents. La seule chose qu'elle acceptait de dire, c'est qu'ils étaient décédés — ce qui d'ailleurs était vrai.

Ils étaient morts dans un accident de car, la première fois qu'ils avaient pris des vacances pour s'offrir un tour sur le continent. Le père de Florrie avait décrété que quand on avait la folie des grandeurs il ne fallait pas s'étonner qu'il vous arrive malheur. La mère de Florrie avait suggéré qu'ils pourraient recueillir l'orpheline. Ruby avait onze ans, et personne d'autre dans l'existence. Tout le monde avait trouvé l'idée formidable. Après tout, les filles uniques, ça ne courait pas les rues dans leur quartier. Ruby et Florrie étaient maintenant comme des jumelles. Et, en dehors du fait qu'elles passaient trop de temps plongées dans leurs bouquins ridicules, comme leurs voisins appelaient les revues qu'elles dévoraient, elles avaient la tête sur les épaules. Elles ne se conduisaient pas comme des écervelées ; en tout cas avec les garçons, elles faisaient attention. Elles travaillaient dur. Le samedi, elles étaient employées dans un salon de beauté où elles apprenaient le métier. La patronne n'avait jamais eu d'assistantes aussi motivées. Elles balayaient le sol, pliaient les serviettes ; mais, le ménage terminé, elles restaient, comme fascinées, à regarder l'esthéticienne qui s'activait, enchaînant nettoyages de peau et soins des mains.

Les clientes les appréciaient, c'étaient deux adolescentes astucieuses dont l'admiration inconditionnelle les flattait. Les clientes ignoraient qu'elles étaient là pour s'instruire. Tout comme elles se rendaient dans les boutiques huppées pour faire leur éducation et bossaient dans l'hôtel chic du patelin pour observer les façons de faire de la riche clientèle. Le soir, elles suivaient des cours de secrétariat. Le jour où elles décrochèrent leur diplôme de fin d'études secondaires, elles étaient prêtes. Ruby était mûre pour partir vers le Sud et passer à l'étape suivante. Florrie, en revanche, était coincée, car la santé de sa mère déclinait rapidement.

Assise au chevet de sa maman, elle l'écoutait dévider des histoires empreintes de sagesse populaire et son cœur était empli à la fois d'impatience et d'amour. Sa mère la suppliait de croire que Papa était un type bien. Qu'il était simplement têtu et forçait un peu trop sur l'alcool. Papa n'avait jamais eu un mot gentil au cours des dix-sept ans que Florrie avait passés sous son toit. Elle hochait la tête, faisait semblant d'abonder dans le sens de Maman qui ne quitterait pas l'hôpital et ne reverrait jamais son foyer. Sa mère disait que Ruby avait eu raison de partir pour Londres, qu'elle aurait été stupide de s'incruster en province. Cette femme étonnante ne trouvait pas bizarre que la fillette qu'elle avait recueillie l'ait abandonnée. « Ruby est malheureuse », disait-elle. Assise près du lit, Florrie grinçait des dents. Tant de patience, une telle facilité à pardonner, c'était fou. Poussés à ce point-là, la patience et le pardon ne pouvaient pas être considérés comme des vertus. Les infirmières l'aimaient bien, cette grande fille aux cheveux blonds bien coupés, aux ongles roses, qui ressemblait si peu à sa mère voûtée, abrutie par le travail. Cette fille avait du caractère, songeaient-elles. Elle ne supporterait pas longtemps la compagnie de son père acariâtre une fois que la pauvre femme aurait fermé les yeux.

Florrie resta avec lui une semaine en tout et pour tout. Les adieux de Papa furent mesquins, à l'image des gestes qu'elle lui avait toujours connus. Il lui dit avoir toujours su qu'elle s'en irait, qu'elle se trouvait trop bien pour eux, et qu'il était inutile qu'elle revienne le voir car ils n'avaient rien à se dire.

Florrie fut sidérée par le changement qu'elle constata chez son amie après dix petits mois de séparation. Sa façon de prononcer les voyelles avait changé. Mais ce n'était pas tout. Ruby avait cessé de s'appeler Ruby. « Ce n'est qu'un nom, lui avait-elle expliqué, ç'aurait pu être n'importe quoi d'autre. »

— Je sais, lui avait rétorqué Florrie. Je devais m'appeler Caroline.

— Qu'est-ce que tu attends pour *être* Caroline, alors ?

— Jamais. Je garde mon prénom. Pour le reste, tu peux compter sur moi. Je veux bien changer.

Et ç'avait été comme par le passé. Elles éclataient de rire en s'entendant parler l'une l'autre. Il ne fallait pas dire qu'on allait aux WC mais aux toilettes. On ne parlait jamais de soupe, mais de potage. On n'utilisait pas de Kleenex à table mais des serviettes en tissu. Elles avaient tout leur temps : il leur fallait peaufiner leur apprentissage. Elles se donnaient jusqu'à l'âge de vingt ans et alors elles seraient fin prêtes. A évoluer dans le beau monde avec aisance, à épouser un homme de la bonne société, à vivre confortablement le restant de leurs jours.

Ce ne serait difficile que si elles ne se préparaient pas suffisamment. Elles avaient entendu trop d'histoires de parvenus que leurs humbles origines avaient piégés. Camilla et Florrie ne tomberaient pas dans ces pièges-là. Elles ne succomberaient pas à la tentation de s'inventer un arbre généalogique : c'était trop facile de se faire prendre en défaut. Elles se contenteraient de hausser les épaules en disant que ces choses-là n'avaient plus d'importance. Elles colleraient si bien à leur personnage, elles sembleraient si peu désireuses de prouver qu'elles étaient ce qu'elles semblaient être qu'on ne tarderait pas à les accepter. Elles feraient des efforts perpétuels mais jamais personne ne s'en douterait : là était le secret de la réussite.

Bientôt en effet, elles furent prêtes. Et finalement, ce ne fut pas aussi ardu qu'elles l'avaient cru. Il fallait suivre une sorte de parcours. D'abord, elles furent hôtesses de chalet dans une élégante station de sports d'hiver. Elles travaillèrent plusieurs semaines chez des bijoutiers huppés et dans des galeries de tableaux de façon à côtoyer le type de jeunes filles qu'elles désiraient prendre pour modèles. Il leur fallut un certain temps avant de commencer à sortir avec le type d'hommes qu'elles visaient. Elles voulaient faire des autres filles leurs alliées. Et elles voulaient être fin prêtes lorsqu'elles rencontreraient ce qu'elles cherchaient. Fines mouches, elles avaient remarqué que les membres de la famille royale n'étaient pas les seuls à aimer que leurs petites amies ne soient jamais sorties à droite et à gauche. Un tas d'hommes de la haute société semblaient penser que les filles qui s'étaient montrées avec les uns ou les autres risquaient de ne pas faire des épouses convenables. Après tout, il n'est jamais agréable de se dire que des tas de types sont sortis avec votre femme. Comme elles étaient intelligentes et rencontraient du monde, elles finirent par décrocher des emplois intéressants. Camilla occupait un poste important dans une agence immobilière et Florrie était maintenant associée dans un cabinet de décoration d'intérieur. Les années passées à essayer de reconnaître les objets de qualité s'avéraient payantes.

Sur ces entrefaites, Camilla fit visiter des hôtels particuliers à un garçon qui la trouva fantastique et l'invita à passer le week-end dans sa maison de campagne. Elle se rendit à son invitation mais se montra beaucoup moins pressée qu'il ne l'avait cru d'entamer avec lui une petite liaison. En fait, elle refusa même carrément d'entamer quoi que ce soit. Il s'en plaignit amèrement à son copain Albert devant une bouteille de Bollinger. Albert rétorqua tout de go que c'était bizarre, que la fille devait être folle. Et qu'il aimerait la rencontrer. Il avait une passion pour les dingues.

Albert était un aristocrate et son sang était si bleu que Camilla faillit prendre la fuite. Toutefois, elle décida de relever le défi. Après tout, c'était pour cela qu'elle s'était astreinte à des années d'entraînement intensif. C'était le gros lot qu'elle avait toujours espéré décrocher.

Albert fut intrigué. L'originale qui avait refusé de coucher avec son copain refusa aussi de le suivre dans son lit. Elle n'était pas terrorisée par sa mère, pas obsédée par ses origines dont elle ne soufflait jamais mot. Ce n'était pas une fille qui en voulait à son argent car elle avait une très belle situation. Camilla était une négociatrice hors pair et elle flairait les acquéreurs intéressants à des lieues à la ronde. Elle s'habillait avec goût, elle semblait avoir des tas d'amies qui parlaient d'elle en termes élogieux. Elle n'avait pas de passé.

Camilla joua merveilleusement le coup. Elle attendit qu'Albert soit fou d'elle et lui déclara alors qu'elle envisageait de s'installer à Washington. On lui avait fait des propositions. Elle ne précisa pas lesquelles de peur qu'on ne lui demande des détails. Mais pour la synchronisation, elle avait superbement choisi son moment. Albert ne pouvait la laisser partir. Le père d'Albert déclara que c'était un beau brin de fille mais, comme il fallait s'y attendre, il voulut savoir si elle avait de la branche.

La mère du jeune homme, et ce fut une surprise, décréta qu'elle était à peu près la seule femme capable de faire quelque chose d'Albert, de la propriété et du patrimoine ancestral. Et c'est ainsi que fut décidé le mariage de la décennie.

D'un commun accord, Camilla et Florrie convinrent que Florrie ne serait pas demoiselle d'honneur. Les journalistes se montreraient trop curieux, poseraient trop de questions. La presse était terrible, des chacals, de vrais vautours. Les rédacteurs risquaient d'envoyer un photographe fouiner dans la petite rue qui les avait vues naître, de retrouver — quelle horreur ! — la trace du père de Florrie, plus teigneux que jamais et bretelles claquant au vent. Et le bonhomme était bien capable de raconter aux journaleux que Camilla n'était autre que Ruby, et que ses parents avaient trouvé la mort dans leur premier voyage en car.

Mieux valait réquisitionner six fillettes dûment munies de bouquets et la sœur d'Albert au visage chevalin. Il était plus sage de laisser Florrie dans la foule des invités. Cette jolie jeune femme élégante serait une preuve supplémentaire, si besoin était, que la mariée était de bonne étoffe.

Debout dans la vieille église, Florrie leva la tête vers les drapeaux du régiment dans lequel la famille d'Albert avait combattu. Les vitraux rappelaient le souvenir de plusieurs ancêtres et les bancs étaient ornés de plaques de cuivre au nom des membres du clan. L'évêque était âgé, affable ; il parla de devoir et d'honneur. Florrie n'en perdait pas une miette tout en contemplant le beau visage de Camilla, sachant que de son côté son amie était elle aussi tout ouïe.

Puis l'évêque prononça le mot amour. « L'amour

est plus fort que tout. Plus fort que l'envie, l'ambition et l'appât du gain. » Ses yeux se voilaient pour parler de l'amour.

La veille, Florrie et Camilla avaient bavardé longuement, plus longuement qu'elles n'avaient pu le faire depuis le jour où Florrie avait débarqué à Londres en disant qu'elle était prête à tout changer dans sa vie à l'exception de son prénom. Elles rirent comme jamais elles n'avaient ri, buvant du champagne au lieu du thé au citron qu'elles avaient appris à aimer à quatorze ans parce qu'elles avaient lu que le lait, c'était « popu ». Elles s'étaient dit que la bataille était presque gagnée et que maintenant que Camilla avait un pied dans la place elle allait pouvoir donner des réceptions pour lancer son amie. Une amie bourrée de talent, au prénom original, cocasse. Elles s'étaient embrassées et congratulées, se félicitant de leur réussite.

Mais elles n'avaient pas prononcé le mot amour. Et dans l'église où Albert reposerait un jour, vraisemblablement près de son amie Ruby, Florrie fut prise de frissons. En ce qui la concernait, l'apprentissage était terminé : elle était allée suffisamment loin. Peut-être plus loin que son amie qui serait qualifiée dans les journaux du lendemain de mariée de la décennie, qui s'appellerait lady Camilla, qui vivrait une vie sans amour. On dit que les têtes des jeunes filles sont faites pour les histoires d'amour, mais dans le cas de Ruby ou de Florrie c'était faux : il n'y avait pas de place pour ce sentiment dans leur crâne. Leur esprit n'était occupé que par l'étiquette, la façon de se conduire en telle ou telle circonstance, de dire merci, de dire bonjour. Leur apprentissage avait été trop long, trop lourd, pour laisser une place à la passion. Florrie se dit qu'elle s'arrangerait pour que la passion joue un rôle dans son existence. Elle ne s'amuserait pas à dresser la liste des invités qu'elle pourrait piéger à la longue table de son amie, leur souriant avec assurance, entourée de l'argenterie de famille d'Albert. Et lorsqu'un évêque ou un prêtre célébrerait sa messe de mariage, le mot amour aurait un sens. Il lui semblait que la mère qui l'avait comparée à une fleur serait contente, et elle s'aperçut que les larmes lui montaient aux yeux. Mais elle les refoula. Dans la bonne société on ne pleure pas. Pas plus aux baptêmes qu'aux mariages ou aux enterrements. C'est ce qui distingue les membres de la classe possédante des autres, après tout. Son apprentissage n'avait donc pas été tout à fait inutile, au fond.

Traduit par Dominique Wattwiller

Voyage d'affaires

Lena l'aimait depuis quatre longues années. Sans qu'il s'en doute, évidemment. Les hommes comme Shay ne pouvaient imaginer une minute qu'on les aime en silence : cela n'avait pas de sens.

Sans doute pensait-il que Lena le trouvait sympathique, qu'elle l'admirait et qu'elle pourrait éventuellement, les circonstances s'y prêtant, se découvrir un faible pour lui. Mais, à supposer qu'il ait tant soit peu songé à elle, il s'était probablement dit qu'elle devait avoir une vie privée. Jamais il n'aurait soupçonné que son assistante, cette femme calme et efficace, puisse passer ses jours et ses nuits à penser à lui, à essayer de lui rendre la vie plus facile et, dans ses rêves, à tenter de partager son existence.

Selon Maggie, Lena n'était pas tant amoureuse qu'obsédée. Ce n'était pas sain de la part d'une adulte de vingt-six ans de nourrir un tel penchant pour un homme qui se souciait d'elle comme d'une guigne. Se laisser momentanément happer par ce genre de fascination n'était guère raisonnable, mais s'y abandonner sans retenue était carrément dangereux. La jeune femme fêta ses vingt-sept ans, qui en devinrent vingt-huit, puis vingt-neuf. Elle allait sur la trentaine. Et qu'avait-elle réussi dans sa vie ?

Lena ripostait qu'elle ne s'en était pas si mal tirée. Elle avait été heureuse, elle avait pris plaisir à lui rendre l'existence plus facile. Elle ne s'était pas ridiculisée, comme il arrive à bien des femmes de le faire. Elle ne s'était pas, faute de mieux, rabattue sur un autre homme comme tant d'autres à sa place l'auraient fait. Elle adorait son travail, ce qui n'était pas donné à tout le monde. Au bureau, si on ne l'aimait pas, on l'appréciait, et seule Maggie connaissait son secret. Bref, elle n'était pas un objet de pitié. Maggie ne se joignait pas aux autres filles autour de la machine à café pour se moquer de sa sottise. Maggie était son alliée même si elle ne la comprenait pas.

Maggie était la tante de Lena. Mais en fait elles avaient toujours été comme des cousines ou des sœurs. Elles n'avaient que dix ans de différence. Maggie adolescente avait adoré Lena bébé et l'avait traitée en amie. Aujourd'hui, à près de quarante ans, avec ses immenses yeux noirs et sa somptueuse crinière sombre bouclée, Maggie ne se conduisait pas comme une femme de cet âge. Sa vie était beaucoup plus riche que celle de sa nièce. Maggie n'avait jamais eu de mal à se faire apprécier des hommes. Son problème avait plutôt été de les empêcher de l'aimer. Et parfois d'essayer de s'empêcher elle-même de les payer de retour.

Elle avait été mariée à deux reprises, elle avait été veuve une première fois et s'était séparée de son second époux, mais ces deux hommes n'étaient que des étapes dans sa vie. Des hommes mariés et mûrs, des pères de famille nombreuse avaient voulu renoncer à tout pour vivre avec elle. Elle avait souvent eu un mal fou à les persuader de n'en rien faire. Ce n'était pas parce qu'elle était particulièrement remarquable sur le plan sexuel, confiait-elle à Lena en tournant vers elle ses grands yeux noirs, c'était simplement qu'ils s'imaginaient pouvoir mener en sa compagnie une vie délicieusement calme. Vivre avec Maggie, pour eux, c'était mener une vie de liberté — chose qui leur faisait défaut à la maison. Maggie n'était pas du genre à leur demander de l'accompagner au supermarché pour pousser le Caddie, Maggie n'exigerait pas d'eux qu'ils tondent la pelouse, repeignent la maison, lavent la voiture, aménagent un patio pour en mettre plein la vue aux voisins. Maggie était femme à se contenter d'un repas de champignons sauvages et de pain bis, suivis de fraises. Autant dire que tout cela était loin de la réalité quotidienne. Maggie en avait conscience : elle était effectivement assez éloignée de la réalité ; c'était d'ailleurs pourquoi il ne fallait pas qu'ils la voient trop souvent. Plus elle protestait, plus ils la voulaient, bien sûr. Lena était indignée de voir les hommes tomber comme des mouches aux pieds de Maggie alors qu'elle-même, qui respectait toutes les règles, ne pouvait en conquérir un seul.

Lena jouait le jeu tel qu'il était écrit dans les magazines féminins. Ses jolis cheveux soyeux étaient impeccablement coupés. Longue et mince, elle avait pris des leçons de maquillage pour apprendre à tirer le meilleur parti de son teint de blonde et de ses yeux bleus. Elle s'habillait avec goût et entretenait ses vêtements avec le plus grand soin. « Ben voyons, grommelait Maggie, elle n'a que ça à faire ; elle se morfond tous les soirs chez elle à fantasmer sur le beau Shay. Pas étonnant qu'elle ait tout son temps pour repasser ses chemisiers, nettoyer ses jupes, astiquer chaussures, sacs et ceintures jusqu'à ce qu'ils brillent comme des miroirs. » Mais est-ce que tout cet astiquage l'avait aidée à obtenir ce qu'elle désirait ? Absolument pas.

Les amis et collègues de Lena s'accordaient à la trouver élégante, mais leurs compliments la laissaient de marbre. Ils se demandaient parfois pourquoi elle n'avait pas d'homme dans sa vie. Elle écartait les questions d'un rire. Et en dehors de Maggie, personne n'avait la moindre idée de la raison pour laquelle elle était encore célibataire.

Les remontrances de Maggie n'avaient jamais dépassé le stade des simples réflexions amicales. Mais là, c'était différent. Car deux événements d'importance se profilaient à l'horizon : le trentième anniversaire de Lena et un voyage d'affaires qu'elle devait effectuer en compagnie du fameux Shay. Car, oui, il avait demandé à la fidèle Lena de l'accompagner en voiture à Londres, où ils séjourneraient une semaine.

Maggie sentit que le moment était venu de taper du poing sur la table pour la première fois de sa vie. Elle fit donc asseoir Lena et lui annonça qu'elle allait avoir droit à un sermon bien senti.

— Oh non, pas maintenant, s'était écriée Lena, pas maintenant. Si tu savais tout ce que j'ai à faire, tous les préparatifs. Il faut que je choisisse ma garde-robe, que je réfléchisse aux sorties que nous allons faire ainsi qu'à l'organisation de ses réunions de travail. Le sermon ne peut pas attendre mon retour ?

— Absolument pas. Il s'agit justement de ce voyage. Si tu veux mon avis, le moment est venu : ou tu concrétises ou tu abandonnes une fois pour toutes. Lorsque tu remettras le pied sur le ferry, je veux que Shay et toi soyez fiancés ou alors que tu aies définitivement renoncé à lui.

— Mais je ne veux rien d'aussi... tranché. Pourquoi est-ce que tu donnes tant d'importance à ce déplacement ?

Lena avait l'air épouvantée à l'idée de renoncer à ce qui était après tout le pivot de son existence.

— Parce que tu vas avoir trente ans, que pour la première fois tu quittes le pays en compagnie de cet homme qui t'obsède et que tu as le reste de ta vie devant toi.

— C'est terrifiant, je n'ai pas envie d'essayer de le séduire, fit Lena, tremblant à cette pensée.

— Ah bon ? Alors pourquoi toutes ces histoires à propos de ta garde-robe et de ton apparence ? Si tu n'as pas envie de lui plaire, pourquoi est-ce que tu ne pars pas en jean avec un vieux pull tout simplement ? martela Maggie, excédée.

— C'est différent pour toi, tu plais à tout le monde.

— Toi aussi, tu plairais à tout le monde si tu t'en donnais la peine. Plaire n'a rien à voir avec la coupe d'un tailleur ou le blush qu'on s'applique sur les pommettes.

— Ah oui ? Et si tu m'expliquais ?

— Je veux bien, mais seulement si tu me promets de prendre une décision à la fin de la semaine. A ton retour, je veux te voir fiancée avec cet homme. Sinon, tu démissionnes de ton boulot, et tu le chasses de tes pensées pour toujours.

— Mais c'est comme si je passais un pacte avec le diable.

— Avec un ange gardien, plutôt.

La conversation dura trois heures ; à aucun moment Maggie ne parla de tenue vestimentaire, de fanfreluches ou de parfum. Pas plus qu'elle n'évoqua la ruse classique consistant à retenir prétendument par erreur une chambre au lieu de deux. Pas question de se mettre en quête de restaurants d'atmosphère à Londres où les lumières seraient langoureusement tamisées et où il y aurait peut-être même des violons à l'arrière-plan. Non, si Lena voulait mettre le grappin sur cet homme, elle ne devait pas recourir à des stratagèmes aussi ridicules. Et comme presque tous les hommes de Dublin semblaient avoir un faible pour Maggie, mieux valait prendre ses conseils au sérieux.

Maggie fut choquée de découvrir que Lena, qui travaillait pour cet homme depuis quatre ans et se croyait amoureuse de lui, savait en fait si peu de choses sur son compte. Maggie posa à sa nièce une foule de questions. Lena ignorait tout de la scolarité de Shay, ne savait pas s'il avait aimé l'école qu'il fréquentait petit garçon, ni comment il était entré dans le monde des affaires. Elle ignorait le nom de son premier employeur et était incapable de dire s'il avait trouvé ce premier poste facile ou stressant. Elle ne savait pas non plus quelles émissions il regardait à la télé, et si, lorsqu'il assistait à un match, c'était parce qu'il connaissait parfaitement les règles du jeu ou parce qu'il aimait l'atmosphère du stade. Lena ne savait pas davantage s'il avait des atomes crochus avec ses frères et sœurs, s'il voyait souvent sa mère.

Elle ignorait également s'il appréciait la compagnie de ses neveux et nièces, s'il se sentait seul le week-end comme beaucoup de gens à Dublin, ce qu'il aimait manger, s'il avait une machine à laver ou allait à la laverie.

— Mais enfin que sais-tu de lui ? fit Maggie en s'énervant.

Lena connaissait ses petites amies du moment et ses ex. Elle savait quels restaurants et quels night-clubs il fréquentait, ce qu'il dépensait chez le fleuriste. Pour ça, elle était au courant. Et elle le connaissait au travail, où il était assez cassant, plein d'arrogance dès lors qu'il s'agissait de défendre son point de vue en réunion.

— Soigneusement briefé par tes soins, grâce aux comptes rendus sur lesquels tu as planché tout le week-end quand tu n'étais pas en train de t'appliquer du henné dans les cheveux dans l'espoir qu'il le remarquerait.

— Je l'aime, protesta Lena.

— Non, tu ne l'aimes pas. Tu ne sais pour ainsi dire rien de lui. Peut-être l'aimeras-tu quand tu le connaîtras mieux et peut-être que ce sera réciproque. Mais peut-être aussi le trouveras-tu complètement creux.

Lena se récria mais accepta cependant de suivre le conseil de Maggie. Dans la salle à manger du ferry et ensuite pendant le trajet en voiture à travers l'Angleterre, au lieu de lui parler business ou potins, elle lui parlerait de lui-même.

— Et s'il me pose des questions me concernant ? demanda Lena en tremblant.

Maggie ne pensait pas qu'il se risquerait à le faire ; toutefois, si tel était le cas, il fallait qu'elle lui dise la vérité. A savoir qu'elle était très heureuse et n'avait aucun désir de changer de vie, que son existence la satisfaisait pleinement. Il n'y avait rien de tel pour rendre les hommes furieux : la pensée que des femmes puissent être vraiment satisfaites de leur sort.

— Mais ce n'est pas vrai. Je ne suis pas pleinement contente de mon sort, se plaignit Lena.

Maggie haussa les épaules.

— Tu me dis pourtant le contraire chaque fois que j'essaie de t'aider à en changer.

Que répondre à cela ? C'était imparable.

La veille du départ, Maggie lui téléphona pour lui souhaiter bonne chance.

— Laisse-moi te rappeler une chose, Lena : cette fois, il va te remarquer, te juger attirante. Mais si ça se trouve, c'est toi qui ne le trouveras pas à ton goût.

— Je te l'ai dépeint sous un jour beaucoup trop superficiel, chuchota Lena de peur qu'une de ses collègues de bureau ne la surprenne.

— Si c'est la vision que tu as de lui après quatre années d'amour fou, c'est qu'il l'est, superficiel, trancha Maggie.

Lena apprit des tas de choses au dîner à bord du ferry. La mère de Shay était exigeante, jamais satisfaite ; ses frères se montraient envieux, jaloux de sa réussite. Ses sœurs n'étaient pas capables d'élever correctement leurs enfants et leur cédaient à propos de tout et de rien. Son école avait été un repaire de professeurs sadiques et d'élèves débiles. A son premier poste, on l'avait volé comme au coin d'un bois. Dans son second, on l'avait plumé, et cette fois il avait fait en sorte que cela ne se reproduise plus. Il aimait faire la cuisine mais pas la vaisselle. Il trouvait les appartements où il vivait un peu étriqués mais n'avait aucune envie de se mettre sur le dos les habituels problèmes de jardinage, de toiture et de plomberie que l'on peut rencontrer quand on habite un pavillon. Il cherchait mollement une maison de ville.

Quelques semaines plus tôt, Lena se serait immédiatement portée volontaire pour lui donner un coup de main, téléphoner à droite et à gauche aux agents immobiliers. Cette fois, elle ne pipa mot.

— Et vous, ajouta-t-il par acquit de conscience sans doute parce qu'il avait l'impression d'avoir un peu trop parlé, vous êtes contente de votre logement ?

— C'est parfait, j'y suis très heureuse.

Elle lui dit qu'elle habitait un appartement en rez-de-jardin très lumineux avec vue sur une végétation fantastique. Hochant la tête, il parut lui accorder davantage d'intérêt.

Pendant le trajet jusqu'à Londres, ils parlèrent de leurs amis. Shay fréquentait des gens sympathiques. Et très actifs. Malheureusement, tous s'absentaient de Dublin le week-end. C'était pourquoi il faisait de fréquentes incursions à la boîte le samedi après-midi pour s'occuper de dossiers en retard. Lena ne le savait que trop bien, qui découvrait le résultat de ce labeur empilé le lundi matin sur son bureau sous forme de notes informes et de questions tirées par les cheveux. Il lui fallait rituellement, avant d'attaquer la semaine, mettre un semblant d'ordre dans ces gribouillages de façon que la secrétaire puisse taper tout ça au propre. Et c'était lui bien sûr qui récoltait les compliments. Elle fut déçue de découvrir qu'il venait au bureau uniquement parce qu'il s'ennuyait le samedi après-midi. Elle s'était imaginé que c'était l'ambition qui le poussait à faire du zèle. Elle découvrit en outre qu'il donnait son linge à laver à sa mère. Elle n'en crut pas ses oreilles, et pourtant c'était vrai. Il allait la voir une fois par semaine et, puisqu'elle avait une machine à laver, pourquoi n'en aurait-il pas profité pour lui laisser son linge sale et remporter le propre ? D'ailleurs, faire la lessive ne déplaisait pas à Maman. Elle n'avait pas d'autres occupations.

Avant même que ne commencent à apparaître les panneaux indiquant « Londres », Lena avait ouvert dans la vie de Shay plus de portes qu'elle ne l'aurait souhaité. Il lui proposa de casser une croûte vite fait quelque part mais elle refusa. Elle avait des amis à voir à Londres. Aussi, à moins qu'il n'ait des choses à lui dire à propos de la conférence du lendemain, l'abandonnerait-elle à son sort.

Il parut estomaqué. Lena vit son beau visage se plisser d'une déception presque enfantine.

— Ne me dites pas que vous allez faire les boîtes londoniennes ? s'exclama-t-il avec une pointe d'agressivité.

— Sûrement pas, ce n'est pas mon genre. Je vais simplement dîner avec des amis.

C'était la stricte vérité. Elle devait retrouver deux anciennes camarades d'école dont l'une était devenue religieuse et l'autre infirmière. Elles évoquèrent le bon vieux temps, s'amusèrent beaucoup. Le rire de Lena était plus léger, elle ne se forçait pas.

Le lendemain, ils travaillèrent de concert mais, l'heure du déjeuner arrivant, elle prit la poudre d'escampette pour aller faire du shopping. Non sans lui avoir précisé qu'elle avait rendez-vous pour aller au théâtre dans la soirée. Le deuxième jour de la conférence, il était d'une humeur de chien.

— Vous allez passer votre temps à courir comme ça d'un endroit à l'autre ou est-ce qu'on va réussir à se voir ? gronda-t-il.

Ouvrant bien grand ses yeux bleus, elle lui dit qu'elle était désolée mais que comme ils ne se fréquentaient jamais en dehors du bureau à Dublin, elle avait supposé qu'il en irait de même à Londres. Mais que bien sûr elle serait enchantée de dîner avec lui s'il connaissait un endroit sympathique.

— Jc comptais sur vous pour organiser quelque chose, lui répondit-il, déconfit.

— Vous plaisantez. Si vous m'invitez à dîner, c'est à vous de choisir le restaurant.

Jadis ce choix aurait correspondu à ses rêves les plus fous. L'endroit était somptueux, l'atmosphère romantique, mais, tout en lui racontant combien il souffrait d'être incompris, à quel point on l'avait trahi, floué, comment il s'était vengé, il lui prit soudain la main.

— C'est un plaisir de vous parler, Lena, et vous êtes ravissante, je ne m'en étais jamais rendu compte.

Elle avait souri. Du sourire de quelqu'un qui se doutait que cela allait arriver mais non de quelqu'un qui trouvait ce geste agréable. Lorsque, le dîner terminé, il lui suggéra de venir prendre un cognac dans sa chambre, elle refusa. Peut-être préférait-elle prendre le dernier verre dans sa propre chambre, suggéra-t-il alors en songeant sans doute faire ainsi preuve d'un tact infini.

— Non merci pour le verre, dit Lena.

Elle qui avait rêvé pendant si longtemps de cette nuit et de tout ce à quoi elle conduirait...

A un moment donné, elle se demanda si Maggie ne lui avait pas tendu un piège. Toutes les questions anodines qu'elle avait posées à Shay avaient donné lieu à des réponses si décourageantes, si négatives, qu'elle avait fini par dépouiller cet homme qu'elle aimait depuis des années de toute qualité. C'était comme si Maggie avait deviné ce qui se passerait.

Maggie n'avait pas suggéré à Lena de parler à Shay d'amour. Pourtant ce soir-là, c'est ce qui se produisit. Ils étaient dans un restaurant au bord de la Tamise et il lui dit qu'il croyait l'aimer — oui, aussi étrange que cela pût paraître, compte tenu du fait qu'ils avaient travaillé ensemble pendant si longtemps.

Elle le dévisagea un long moment.

— Eh bien, dites quelque chose, fit-il, agacé.

— Je ne trouve pas mes mots, répondit-elle avec sincérité.

Il voulut lui prendre la main mais elle ne lui en laissa pas le temps.

— A quoi songez-vous ? voulut-elle savoir.

— C'est fou ce que c'est agréable de vous aimer, dire que vous étiez sous mon nez pendant toutes ces années...

Au moins, songea-t-elle, il est honnête. Ce

devait être agréable pour lui de penser qu'il avait trouvé un amour tout prêt, juste sous son nez.

Pendant des années, elle s'était vue dans le rôle de la compagne, de l'amie, de la femme idéale. Elle s'était imaginée l'épaulant dans sa carrière et s'accommodant de ses petites faiblesses.

Jusqu'à ce soir, elle n'avait jamais imaginé ce que vivre avec lui représenterait pour elle : une existence entière passée à supporter ses caprices et ses sautes d'humeur, à lui remonter le moral lorsqu'il n'était pas en forme, à mentir pour le couvrir, à faire semblant. Et surtout à fermer les yeux lorsqu'il lui prendrait la fantaisie de sortir avec ses amis pour faire le tour des boîtes et draguer les blondes.

Elle lui sourit affectueusement. Comme elle avait vu sa tante Maggie sourire à une foule d'hommes.

— Et vous, à quoi pensez-vous ? voulut-il savoir, boudeur.

Sa déclaration d'amour avait été à sens unique, elle était tombée à plat, on l'avait rejetée d'un sourire.

— Je pensais à Dublin.

— Pourquoi, que ferez-vous une fois à Dublin ? s'enquit-il avec empressement.

Lena se posa la question. Elle n'allait pas quitter son emploi sous prétexte qu'il lui avait fait une déclaration d'amour et qu'elle ne partageait pas ses sentiments. Elle aimait son travail, pas question de l'abandonner. Pas question non plus de se disputer avec lui, de lui fournir des explications ou des excuses. Maggie ne s'abaissait jamais à cela. Lena était heureuse dans son appartement en rez-de-jardin et en plus, maintenant, elle était libre. Si un homme se présentait sur sa route, un homme qu'elle aimait vraiment, eh bien, elle serait libre de l'aimer.

— Ce que je ferai ? répondit-elle, rêveuse. (Le monde était plein de possibilités et il y en avait même tant qu'elle avait du mal à répondre.) Ce que je ferai en rentrant ? Je crois que je téléphonerai à ma tante.

Traduit par Dominique Wattwiller

La traversée

— On dirait une vraie croisière, vous ne trouvez pas ? dit Mary, regrettant aussitôt ses paroles. Que savait-elle des croisières en dehors de ce qu'elle avait lu dans les brochures des agences de voyages ?

— Exactement, renchérit Lavender. Non que j'aie jamais fait de croisière, notez bien, mais on a l'impression d'avoir deux semaines devant soi pour visiter des endroits exotiques au lieu de faire tout bonnement escale à Liverpool.

Elles éclatèrent de rire à l'unisson : elles avaient des points communs. Ni l'une ni l'autre n'avait posé le pied sur un paquebot de luxe et toutes deux admiraient les mouettes tout en goûtant quelques instants de répit loin de leurs familles respectives.

— Vous allez en visite à Liverpool ou vous rentrez chez vous ? s'enquit Lavender.

Elle avait un visage avenant, des yeux vifs et pleins d'intérêt. Mary, plus jeune qu'elle, avait l'impression qu'on pouvait lui parler, qu'elle ferait réellement attention à ce qu'on lui confierait.

— Nous nous y rendons pour un bref séjour. Mes enfants n'ont jamais vu leurs grands-parents. En fait, c'est un peu une épreuve.

Pourquoi avoir confié cela à une parfaite inconnue ? Elle n'en avait soufflé mot à aucune de ses voisines, pas plus qu'à sa meilleure amie Kath, ou même à sa sœur Betsy. Pourquoi avait-elle sorti ça tout à trac, sur ce bateau, à cette femme à l'accent du Nord ?

— Je sais, fit Lavender d'un ton réconfortant. C'est toujours une épreuve. Peut-être qu'il nous faudrait vivre avec nos beaux-parents tout le temps et ne jamais nous éloigner d'eux. Ou alors ne jamais les voir du tout. Les périodes intermédiaires nous font culpabiliser.

C'était si pertinent comme remarque que Mary faillit sursauter en entendant énoncer à voix haute ce qu'elle pensait tout bas.

— Vous aussi, vous avez connu ce genre d'expérience avec les parents de votre mari ? Vous avez essayé de vous rapprocher d'eux sans y parvenir ?

— Racontez-moi.

Mary ne se fit pas prier et raconta tout. Lentement, avec des hésitations parfois, revenant sur telle ou telle phrase, la reformulant de peur d'avoir mal présenté les choses. Elle raconta à Lavender qu'elle avait rencontré John alors qu'il faisait le tour de l'Irlande à bicyclette. John était malheureux à l'Université où la vie ne lui convenait pas. Trop de stress, trop de soucis. Et pas seulement à cause des examens et des études. Il sentait qu'il ne serait jamais heureux en tant qu'enseignant. Il était trop angoissé. Il ne réussirait pas à contrôler ses classes et il avait du mal à se faire à l'idée que son existence ne serait qu'une bataille constante et une suite de confrontations quotidiennes avec ses élèves.

— Pourquoi ne pas choisir une autre orientation alors ? lui avait demandé Mary. On ne vit qu'une fois. Ce serait dommage de passer votre temps à exercer une profession qui vous rend malheureux, vous ne trouvez pas ?

Pour John, ce fut une révélation. Il décida aussitôt d'abandonner l'enseignement. Il écrivit à l'université, à ses parents et à sa petite amie à Londres. Il leur dit qu'il s'était senti désorienté mais qu'il allait retomber sur ses pieds et trouver sa voie en Irlande. Il comptait travailler dans une ferme le temps de découvrir sa vocation.

Tout le monde fut mécontent. L'université qui lui avait accordé une bourse, sa petite amie à Londres qui, après s'être rongé les sangs pendant quatre semaines, lui envoya une carte postale pour lui dire qu'elle se fichait pas mal de savoir comment il allait s'organiser étant donné qu'elle avait rencontré un garçon parfaitement normal, lui. Quant à ses parents, ils se firent beaucoup de souci. Il était fils unique et ils avaient fondé sur lui de grands espoirs, comptant qu'il deviendrait enseignant, et voilà que maintenant il se retrouvait ouvrier agricole en Irlande. Bon sang de bonsoir. Ils n'approuvaient pas du tout cette décision. Ce n'étaient pas des gens qui écrivaient beaucoup ou qui téléphonaient énormément mais ils désapprouvaient néanmoins massivement la conduite de leur fils.

Aussi, lorsque John et Mary se fiancèrent, ils supposèrent qu'il y avait du mariage forcé dans l'air, ce qui était faux, et que la cérémonie se déroulerait dans une église catholique romaine pleine de portraits de saints et de la Vierge, ce qui était exact. Et ils s'empressèrent de dire qu'ils ne pourraient se déplacer pour l'occasion.

Mary leur envoyait des photos de Jacinta, qui avait maintenant huit ans et de John Paul, né le jour de la visite du pape en Irlande, qui en avait sept. En y réfléchissant, elle se demanda si elle n'aurait pas mieux fait de choisir d'autres prénoms pour les enfants, mais ce n'était pas si important que cela. Les parents de John ne pouvaient s'offusquer pour une question aussi anodine. Et Mary prenait soin de leur adresser des photos des petits à Noël et non pas le jour de leur première communion, comme elle l'aurait souhaité.

Lavender se répandit en éloges. Mary avait fait de son mieux et même au-delà. Où était donc le problème ?

Ce n'était pas à proprement parler un problème : il n'y avait pas entre eux de guerre ouverte, simplement une distance dans tous les sens du mot. Et chez Mary, une terreur de rencontrer ces gens qui refusaient de se rendre en Irlande et ne lui avaient jamais manifesté d'intérêt si ce n'est pour lui adresser chaque année une carte de vœux. Mary n'était pas pressée de les entendre lui seriner que John, lorsqu'il l'avait rencontrée en Irlande dix ans plus tôt, avait mis fin à une brillante carrière.

Elle n'avait pas du tout envie de justifier la vie qu'ils menaient dans une petite ville de campagne, où John travaillait heureux dans une ferme et où elle-même était couturière. S'ils allaient voir ses beaux-parents maintenant, c'était parce que le père de John était au chômage depuis un an et qu'ils avaient appris incidemment par une de leurs voisines qu'il vivait très mal cette situation. Mary les avait invités à venir leur rendre visite en Irlande, mais ils avaient refusé. Aussi, serrant les dents, elle leur avait proposé de faire le déplacement avec les enfants, ce que ses beaux-parents avaient accepté sans trop d'empressement d'ailleurs. « Il vous faudra nous prendre comme nous sommes. »

Le séjour devait durer deux semaines. Trop

long, songeait Mary, mais ce voyage à Londres à quatre était une véritable expédition et rester moins longtemps serait un gâchis.

Lavender s'empressa de dire que Mary avait un formidable esprit positif. Elle lui assura que bientôt ses beaux-parents seraient tellement contents d'avoir fait sa connaissance qu'ils se demanderaient par quel mystère ils avaient pu rester si longtemps sans la fréquenter.

— Est-ce que je peux vous donner un conseil ? ajouta-t-elle presque timidement.

— Oh, n'hésitez pas, vous êtes anglaise, un petit peu plus âgée que moi, non que vous soyez aussi vieille qu'eux, ce n'est pas cela, mais vous savez...

Lavender s'appuya contre le bastingage, fixa le soleil et parla comme elle se serait parlé à elle-même. Elle ressemblait beaucoup à une femme qui fait une croisière de luxe et attend son élégant mari parti jouer un match de tennis avec le capitaine.

— A votre place, j'éviterais excuses et explications. Il vaudrait mieux leur laisser croire qu'ils ont fait partie de votre vie. Il serait bien que les enfants sachent deux ou trois choses les concernant, la date de leur anniversaire, le lieu où ils ont grandi. Peut-être pourriez-vous leur demander de vous parler de votre mari lorsqu'il était petit garçon, qu'il avait sept ou huit ans, essayer de savoir ce qu'il lisait, à quoi il jouait. Vous verrez, ils ont sûrement conservé ses jouets. Et essayez de leur faire comprendre, sans toutefois aller jusqu'à le leur préciser, qu'un jour ils feraient bien de venir vous rendre visite en Irlande.

Lavender parut s'excuser, sans doute se disait-elle qu'elle avait été trop bavarde.

— Ne vous excusez pas, fit Mary, je suis ravie que vous me donniez des idées. Je les trouve très bonnes. J'ignore la date de leur anniversaire et les enfants ne savent rien d'eux. C'est une lacune.

— Vous aurez le temps de leur raconter tout ça dans le train qui mène à Londres.

— Vous avez des enfants vous-même ? questionna Mary.

— Une fille.

— C'est bien, approuva Mary.

— Ce n'est pas le terme que je choisirais.

Elles s'étaient mises à faire quelques pas sur le pont. Assis dans des chaises longues, les gens s'enduisaient de crème solaire. Des sacs plastiques du duty-free étaient glissés sous les sièges. Les enfants surexcités cavalaient, les passagers bavardaient à la manière détendue de vacanciers. La traversée terminée, de longs trajets en voiture, des voyages en train, des soucis familiaux les attendaient, mais sur le bateau tout était comme en suspens, le temps n'existait plus. Les gens parlaient comme on a rarement le temps de le faire quand on est à terre.

— Désolée, dit Mary à Lavender. Je vous trouve si gentille. Normalement, vous devriez avoir de bonnes relations avec votre fille.

— Je me suis bien entendue avec elle jusqu'à son quatorzième anniversaire. Et puis elle a rencontré ce garçon. Comme la vie aurait été différente si leurs chemins ne s'étaient pas croisés ! Elle n'a plus jamais ouvert un livre de classe après cela. Nous avons passé notre temps au tribunal. Quand ce n'était pas pour une affaire d'école buissonnière, c'était pour une histoire de vol à l'étalage. Puis elle s'est mise à renifler de la colle, et un jour à voler une voiture.

Ce n'était certainement pas le genre de vie dont ils avaient rêvé pour Emma.

— Et ce garçon, elle a réussi à se le sortir de la tête ? fit Mary avec un soupir en se demandant si tout cela ne risquait pas de lui arriver avec Jacinta.

— Mais non. Figurez-vous qu'il s'est trouvé une nouvelle petite amie. Et Emma, qui a dix-huit ans, passe son temps assise à pleurer. En ce moment même elle est avec son père au restaurant où elle verse des torrents de larmes. Je n'en pouvais plus. Elle a pleuré pendant toutes les vacances que nous lui avions offertes en Irlande pour lui changer les idées. Je n'ai pas pu admirer une miette du paysage. C'est pourquoi je suis montée sur le pont.

— Je suis heureuse que vous ayez eu cette idée.

— Moi aussi, dit Lavender. Mais avouez que je suis mal placée pour donner des conseils aux autres. Ma situation n'est guère enviable. Je ne peux même pas m'asseoir et bavarder tranquillement avec ma propre fille.

— C'était pourtant gentil de l'emmener en Irlande en vacances, fit Mary d'un ton admiratif. Un tas de mères à votre place n'en auraient pas fait autant avec une fille comme ça. Elle a de la chance.

— C'est vous qui le dites, car la pauvre petite, elle, se croit affligée de parents vieux jeu. Elle aimerait qu'on la laisse seule avec ce loubard.

— Pourtant elle vous a accompagnés. A dix-huit ans, ce n'est plus un bébé, elle n'était pas obligée de vous suivre.

— C'est exact, dit Lavender dont le visage reflétait la plus grande tristesse.

— Qu'est-ce qui pourrait arriver de mieux à votre avis, compte tenu des circonstances ?

Lavender réfléchit.

— Qu'il disparaisse de la surface de la terre. Enfin, c'est ce que je croyais. Seulement, voyez-vous, avec leurs coiffures d'Iroquois, leurs chaînes qui brinquebalent et leurs épingles de sûreté plantées dans l'oreille, ces deux-là ne peuvent vivre l'un sans l'autre. Aussi je suppose que le mieux qui puisse leur arriver, c'est de continuer à s'aimer sans enfreindre la loi. Et s'il pouvait se conduire un peu mieux avec nous, ce serait nettement plus vivable. Nous faisons partie de la vie d'Emma nous aussi. Des années durant nous l'avons tenue par la main, nous avons imaginé quel serait son avenir. S'il songeait un peu...

— C'est pour cela que vous m'avez conseillé de poser des questions aux parents de John sur ses jouets ?

— L'amour, c'est différent selon les êtres. Vous, vous êtes une jeune femme chaleureuse qui essaie de combler un fossé. Tandis que lui, c'est un petit voyou avec une tête impossible qui s'amuse à casser tout ce qu'il trouve sur son chemin.

— C'est ce qu'ils ont dû penser de moi, si ça se trouve, dit Mary. Je m'en aperçois seulement maintenant. J'étais tellement différente, tellement décidée. J'étais furieuse, contrariée qu'ils ne puissent se montrer plus chaleureux envers moi. Mais je n'ai jamais pensé à ce qu'ils pouvaient ressentir. Après avoir tenu John par la main pendant des années, écouté son babillage d'enfant et l'avoir vu faire ses premiers pas.

Elles continuèrent leur promenade. Elles ne se rencontreraient plus jamais. Elles ne s'écriraient pas non plus. Mary ne saurait jamais si le petit loubard s'était amendé ou si Emma, séchant ses larmes, avait fini par se résigner et jeter son dévolu sur un autre amoureux. Elle ne saurait même pas à quoi ressemblaient Emma et son père, lequel était assis patiemment à lui tendre des serviettes en papier pour essuyer son visage triste de punkette.

De son côté, Lavender ne saurait jamais si le séjour à Londres s'était bien passé, si les parents de John avaient ressorti son petit train électrique pour que John Paul puisse jouer avec, si Mary était devenue amie avec sa belle-mère, lui avait donné un coup de main à la cuisine. Jamais elle ne saurait si les beaux-parents de Mary avaient accepté l'invitation en Irlande.

Leurs existences ne se croiseraient plus jamais.

Mais leurs chemins s'étant croisés par un jour ensoleillé et une mer bleue, elles bavardèrent comme le font tous les passagers d'un bateau, laissant croire aux mouettes qu'ils vont rester amis pour la vie.

Lavender confia à Mary que ses sœurs portaient toutes des prénoms de fleur, et Mary dit à Lavender que, quand elle était petite fille, il y avait onze élèves dans sa classe qui s'appelaient Mary — ce qui n'avait pas manqué de semer la perturbation.

Jamais elles ne sauraient que leurs maris prenaient un verre au bar. Les larmes d'Emma s'étaient taries. John Paul et Jacinta s'étaient fait un nouvel ami. Et le John de Lavender et celui de Mary buvaient une bière. Ils se mirent à parler golf, évoquèrent la Coupe du monde, le coût de la vie, Ronald Reagan et les syndicats.

Puis le John de Lavender et le John de Mary

commandèrent une seconde bière et cela s'arrêta là. Ils approchaient de Liverpool, chacun s'en alla rejoindre famille et bagages. Les uns prirent la direction du Nord, les autres celle du Sud.

Traduit par Dominique Wattwiller

Chapeaux de femmes

C'était très distrayant d'observer l'arrivée des passagers, dit le commissaire du bord. Avec un peu d'expérience, on pouvait les classer par catégories. Cette femme, c'était sûr, se disputerait avec son mari deux jours de rang ; il passerait son temps vissé au bar, et elle se trouverait un homme plus jeune avec qui elle s'offrirait une passade. Cette autre, là-bas, obligerait son époux à rester à ses côtés d'une main de fer ; c'était manifestement une de ces soi-disant invalides chroniques qui ne souffraient de rien si ce n'est d'un sentiment très exagéré de leur importance.

Le commissaire du bord était un beau garçon aux yeux foncés, un Canadien homosexuel à qui son copain manquait terriblement. Il lui téléphonait à chaque escale et considérait l'exercice de sa profession comme une torture nécessaire censée lui permettre d'économiser assez pour acheter une maison sur les Grands Lacs.

Il aimait bavarder avec Helen. La quarantaine

agréable, elle ne manifestait pas la moindre envie de lui sauter dessus pour lui prouver par A plus B qu'il avait, entre ses bras, de grandes chances de sentir la terre trembler. Elle jouait au gin-rummy avec lui, lui racontait des anecdotes amusantes sur les passagers qui étaient à sa table et semblait prendre grand intérêt aux histoires qu'il lui racontait sur Gary. Helen lui conseillait de ne pas l'appeler si souvent. « Les coups de fil, c'est frustrant, et c'est ruineux », lui avait-elle murmuré. Paul commençait à se dire qu'elle n'avait pas tort. Décidément, elle lui manquerait lorsqu'elle quitterait le bateau à Singapour. Il lui faudrait songer à se trouver une nouvelle confidente.

Penché au-dessus du bastingage, au Pirée, Paul aperçut un homme séduisant qui plissait les yeux au soleil. L'envie fugace de tromper Gary s'empara soudain de lui et disparut aussitôt. De toute façon, le magnifique inconnu n'avait pas l'air disponible. Une femme très belle, lunettes relevées dans les cheveux, bronzage superbe, vêtue d'une robe ample du même bleu que ses yeux, avait posé une main possessive sur son bras.

— C'est quoi, ce couple, à votre avis ? demanda-t-il à Helen.

— Des jeunes mariés en voyage de noces ?

— Non non, ils n'ont pas le regard extatique des jeunes mariés, rétorqua Paul. On dirait qu'ils sont en grande conversation au lieu de se féliciter tout bonnement des joies de la traversée qui les attend.

La jeune fille couleur pain d'épices portait un large chapeau bleu et blanc, retenu par un ruban autour du cou. Sans raison, Paul se sentit agacé. Les lunettes, c'était fait pour protéger les yeux, et les chapeaux, la tête. D'ailleurs, que fixait-elle au juste ?

Suivant son regard, Paul vit en haut de la passerelle la femme la plus grosse qu'il ait jamais vue. Elle avait un immense chapeau rose et blanc enfoncé sur la tête, constata-t-il non sans un certain soulagement. Elle était enveloppée dans une immense tunique fluide rose et blanc qui, telle une tente, aurait facilement pu abriter plusieurs personnes. Elle tenait à la main un énorme sac de plage blanc brodé d'un prénom en rose : Bonnie.

Paul ne put distinguer son visage mais il eut l'impression qu'elle était jeune. Aussitôt, son instinct protecteur se réveilla. Même si cela ne faisait pas partie de son travail, il s'occuperait d'elle. Pourquoi ne deviendrait-elle pas son amie, une fois Helen partie ?

— Si on proposait à ce gracieux éléphant rose de prendre un verre avec nous ? suggéra-t-il. Elle m'a l'air d'être seule, elle apprécierait sans doute l'invitation.

— Non, fit Helen, elle n'est pas seule. Elle est avec le couple. Je les ai vus descendre du même taxi. Cela dit, je suis partante pour un verre quand vous voudrez et avec qui vous voudrez.

Paul jeta à Helen un regard affectueux. Elle avait réussi à le dissuader de téléphoner à Gary à cause du décalage horaire, du manque de fiabilité proverbial des télécommunications grecques et de la rage qu'il ne manquerait pas d'éprouver si par hasard son coup de téléphone restait sans réponse. Helen avait dû traverser ce genre d'épreuves, mais, contrairement à la plupart des femmes, elle n'avait pas envie d'en discuter avec lui jusqu'à une heure avancée de la nuit. Paul se félicitait de sa compagnie : elle ne se plaignait jamais et se donnait un mal de chien pour que les autres s'amusent ; il lui dit que la compagnie devrait lui consentir une réduction au lieu de lui faire payer le prix fort.

Paul songea qu'Helen devait faire erreur concernant la grosse Bonnie. Impossible qu'elle fût avec le couple bronzé. Elle n'était pas assez âgée pour être leur mère, trop jeune pour être leur fille. Toutefois, lorsqu'il alla voir s'ils trouvaient leurs marques, il s'aperçut qu'il s'agissait bien d'un trio.

Le séduisant jeune homme était assis entre les deux immenses chapeaux qui oscillaient, l'un bleu et l'autre rose.

— Je suis Paul Preston, le commissaire du bord, je vous souhaite la bienvenue.

Bonnie leva les yeux avec un sourire épanoui et lui tendit sa grosse main.

— Je m'appelle Bonnie, et voici Charlie et Charlotte, fit-elle en désignant le couple merveilleusement bronzé.

Intrigué, Paul se demandait quel genre de relations pouvaient l'unir à ces gens-là.

— Charlie, Charlotte, c'est joli ces allitérations, dit-il.

— N'est-ce pas que c'est surprenant, comme coïncidence ? fit Bonnie. Mes deux meilleurs amis portent des prénoms inspirés d'un roi Stuart.

Au fil de la conversation, le trio apprit que Paul était originaire d'Ottawa, qu'il aimerait vivre sur les Lacs, qu'il était commissaire de bord depuis quatre ans et avait vingt-neuf ans. Lui, de son côté, découvrit qu'ils étaient nés en Australie et qu'ils avaient vécu si longtemps en Europe qu'ils avaient presque oublié le bush. Bonnie avait vingt-neuf ans, Charlie et Charlotte vingt-sept. Encore une coïncidence. Ils avaient passé l'été en Grèce tous les trois et maintenant ils se rendaient à Hongkong pour voir s'ils ne pouvaient pas monter une petite affaire d'import-export avant de prendre un charter pour l'Australie où ils comptaient séjourner jusqu'à Noël. Aucun d'eux n'était très enthousiaste à l'idée de regagner leur pays natal. Les parents de Bonnie étaient morts et elle n'avait plus aucune attache là-bas. Le père de Charlie considérait les gens qui quittaient l'Australie comme des traîtres. Quant à Charlotte, sa mère voulait lui faire épouser un homme qui possédait des parts dans un important élevage de moutons. Ils avaient l'air si détendus ensemble qu'on aurait dit qu'ils se connaissaient depuis toujours.

Paul voulut savoir s'il y avait longtemps qu'ils étaient en affaire. Non, ils s'étaient rencontrés au printemps dernier. A l'époque, tous les trois travaillaient à Londres. Bonnie s'était occupée de compatriotes australiens qui désiraient fonder une entreprise et c'était par ce biais qu'ils avaient fait connaissance.

— C'est donc comme ça que vous vous êtes connus, dit Paul en souriant aux visages bronzés de Charlie et Charlotte assis près de Bonnie sur le pont. Avec cet air de bonheur et de santé, le trio ressemblait à une publicité.

— Oui, c'est comme ça qu'on s'est rencontrés, acquiesça Charlie.

Les jours passant, Paul se demanda comment faire de Bonnie son amie étant donné qu'elle n'était jamais seule. Lorsque Charlie et Charlotte n'étaient pas à ses côtés, elle était entourée de passagers. Elle avait proposé aux gens de broder leur nom sur leur drap de bain ou leur sac de plage et son commerce marchait formidablement. Paul se disait vaguement qu'il devait y avoir quelque part dans le règlement une clause stipulant qu'elle n'avait pas le droit de se faire payer, mais il renonça à la chercher.

A l'escale de Ceylan, il acheta une superbe chemise pour Gary. Helen l'avait persuadé que c'était beaucoup plus intelligent que de dépenser de l'argent en téléphone, d'autant que la réputation des télécommunications locales laissait beaucoup à désirer.

Il admirait la chemise avec amour lorsqu'une ombre massive s'approcha : c'était Bonnie.

— Vous ne voulez pas que je brode votre nom dessus ? proposa-t-elle. En blanc cassé sur la poche, ce serait joli.

Très joli, en effet, se dit Paul.

— Vous pourriez mettre Gary ? demanda-t-il un peu timidement.

— C'est votre petit ami ?

— Oui, avoua Paul.

Il se sentait nettement moins à l'aise avec elle qu'avec Helen. Bizarrement, cette femme aux allures de baleine ne semblait pas considérer que son physique pût poser problème à ses interlocuteurs et faire d'elle quelqu'un de difficile à accepter. N'y avait-il pas un soupçon de flirt dans sa façon de le questionner et comme une pointe de regret lorsqu'elle avait appris l'existence de Gary ? Paul commença à se demander s'il ne perdait pas la boule. Son imagination devait travailler. C'était sûr.

Ils restèrent assis au crépuscule pendant un

moment puis il lui parla des poissons volants qu'on apercevait parfois et elle lui dit combien elle aimait broder et coudre et lui confia qu'elle allait se confectionner une immense cape en patchwork avec des centaines de couleurs. On ne verrait qu'elle, ce serait une véritable symphonie chromatique et personne ne pourrait l'ignorer.

De nouveau, Paul éprouva un sentiment de malaise. Avec Helen il aurait pu dire ce qui lui passait par la tête, à savoir qu'il ne trouvait pas que ce fût une bonne idée pour une femme aussi éléphantesque d'attirer davantage l'attention sur sa personne. Il avait fait remarquer à Helen à plusieurs reprises qu'elle serait beaucoup plus jolie avec du rouge à lèvres. Elle avait fini par en acheter et s'en mettre pour lui faire plaisir, et tout le monde lui en avait fait compliment. Il aurait bien voulu pouvoir livrer à Bonnie le fond de sa pensée, à savoir qu'elle ferait bien d'être plus discrète, qu'elle n'avait pas besoin de se promener déguisée en tour. Toutefois il n'osa pas. Pas plus qu'il n'osa lui suggérer de boire un verre de vin blanc au lieu de la pinte de bière qu'elle sifflait tandis que le soleil se couchait. Paul ne devint donc pas un ami de Bonnie, mais, à son grand étonnement, il se mit à l'observer avec fascination. Il remarqua la façon dont elle s'installait près de la piscine avec son travail d'aiguille et cette façon qu'avaient Charlie et Charlotte de la consulter à propos de tout et de rien. Bonnie avait quatre robes bain de soleil, toutes plus criardes et voyantes les unes que les autres. Certaines ornées de tournesols géants, d'autres de roses grasses comme des choux, une autre à motifs multicolores. Et à chaque robe correspondait un immense chapeau assorti. C'était le chapeau qui agaçait le plus Paul. Elle le portait comme on hisse un drapeau, l'air de dire : « Regardez-moi bien. » C'était faire preuve d'un manque de goût d'autant plus désolant que Charlotte portait elle aussi des chapeaux volumineux. La différence, c'est que les siens étaient ravissants et lui donnaient l'air d'un jeune Mexicain alors que Bonnie ressemblait à un crapaud géant.

Ce n'était pas qu'il la trouvât antipathique. Au contraire. C'était l'une des filles les plus agréables qu'il eût jamais rencontrées. Il n'arrivait pas à comprendre la source de son malaise. C'est au point qu'il alla jusqu'à s'en ouvrir à Helen.

— Elle vous obsède depuis qu'ils sont montés à bord, grommela Helen. D'une certaine façon, je suis jalouse. Je ne sais pas pourquoi vous perdez votre temps à analyser la situation. C'est pourtant simple.

— J'aimerais comprendre.

— Vous avez envie de jouer les protecteurs avec elle, de vous apitoyer sur son sort, de l'aider à sortir de sa coquille, de la faire participer aux activités du bord, alors que c'est totalement inutile. Votre pitié, elle s'en moque. Sa coquille, elle ne vous a pas attendu pour en sortir. Les activités, elle ne vous a pas attendu non plus pour en organiser. En fait, avec sa broderie, elle est en train de faire des affaires en or. Je crois qu'elle a dû gagner quelque chose comme deux cents dollars.

Paul réfléchit. Et s'il y avait du vrai dans les propos d'Helen, ne fût-ce qu'un peu de vrai ? Ce n'était pas parce que Bonnie avait repoussé son amitié qu'il était froissé et agacé, mais plutôt parce qu'elle semblait s'en passer magnifiquement bien. D'où cette petite blessure d'amour-propre.

Mais il se sentait attiré par le trio, comme sous le charme. Il les observait tous les jours : Charlie, mince et musclé, qui faisait du sport sur le pont ; Charlotte, qui avait l'air d'une publicité pour croisières de luxe ; et Bonnie, plus ridicule mais plus sûre d'elle à mesure que les jours passaient. Paul avait eu une mère plutôt enrobée. Au Canada, c'était à peine si elle mettait le nez dehors. Mais cette femme était quelqu'un de bien, elle avait de la dignité. Jamais, au grand jamais, elle n'aurait approuvé l'attitude de Bonnie qui se conduisait comme si elle avait été une... femme normale.

Il s'arrêta net. Une femme normale. Evidemment, par bien des côtés sa mère et Bonnie étaient des femmes normales, des personnes comme tant d'autres, juste un petit peu plus grosses que la norme. Mais Maman avait compris qu'il était plus digne de ne pas sortir, de ne pas se montrer quand on était différent. Et quand les circonstances l'obligeaient à sortir, elle prenait soin de porter des vêtements sombres sous lesquels elle dissimulait de son mieux son abondante silhouette. A ses yeux, avec ses chapeaux ridicules, son large sourire et son rouge à lèvres éclatant, Bonnie avait l'air d'une créature venue de Mars.

Il se demanda si Charlie et Charlotte étaient comme lui hypnotisés par elle. Est-ce qu'ils entretenaient avec elle ces relations de mangouste à serpent ? Un jour, prenant son courage à deux mains, il décida d'aborder le sujet avec Charlotte. Pour une fois, elle était assise seule, les pieds sur le bastingage, son chapeau retenu par un ruban autour du cou. Elle avait l'air calme, belle.

Il se demanda comment Charlie supportait de la partager avec autrui. Paul n'était pas une autorité en matière de femmes mais il se disait que si l'on avait la chance d'avoir épousé une créature aussi éblouissante que Charlotte, c'était pour la garder pour soi. Pas pour la partager avec une femme comme Bonnie.

— A quoi songez-vous ? demanda-t-il à la merveilleuse Charlotte.

— A la vie facile qu'on a sur un bateau. Ce sont les autres qui décident de tout : destination, durée des escales. Je déteste avoir à prendre des décisions.

— Vous en avez tant que ça à prendre dans la vie courante ?

— Mais oui. Choix d'un emploi, choix d'un

compagnon, choix de la personne à qui je vais faire confiance, choix d'un endroit où résider, c'est sans arrêt que j'ai des décisions à prendre.

— Mais c'est fini maintenant, vous pouvez fonctionner en équipe, fit Paul, supposant que Charlie devait prendre la moitié des décisions dans le couple.

— Oui, c'est l'avantage d'être avec Bonnie.

— Oh, je parlais de Charlie.

— Charlie sent les choses de la même façon, il me l'a souvent répété. Il m'a dit qu'il avait été envahi par un intense et délicieux sentiment de soulagement lorsqu'il lui avait demandé sa main et qu'elle avait répondu oui. Il savait qu'avec elle, il serait tranquille pour le restant de ses jours...

— Il a demandé Bonnie en mariage ? marmonna Paul, sidéré.

— Oui, il lui a demandé de l'épouser, fit Charlotte avant d'ajouter soudain : qu'est-ce qui ne va pas ?

— Je croyais que c'était vous qui étiez mariée avec Charlie.

— Non, moi je suis célibataire. Charlie et Bonnie ont convolé au printemps. Vous deviez savoir qu'ils étaient mari et femme, ou du moins qu'ils étaient ensemble, non ? Après tout, ils partagent une cabine...

Paul digéra la nouvelle qui avait décidément bien du mal à passer.

— Je l'ignorais, dit-il.

Alors même qu'il prononçait ces mots, il ne parvint pas à comprendre pourquoi il était si choqué. Impossible de rester assis plus longtemps à penser à tout cela. Se levant d'un bond, il sauta sur la première excuse venue, si ridicule que la ravissante Charlotte, soudain inquiète, se redressa dans son transat pour le voir disparaître. Après quoi elle haussa les épaules et se replongea dans son livre.

Paul réussit à mettre la main sur Helen.

— Vous saviez que Charlie est marié avec Bonnie et pas avec Charlotte ?

— Oh oui, j'ai découvert ça il y a un jour ou deux. J'ai entendu quelqu'un les appeler monsieur et madame.

Paul fut irrité de voir qu'elle prenait la chose aussi calmement.

— C'est grotesque : ils ne vont absolument pas ensemble.

— Et moi je trouve qu'ils s'entendent particulièrement bien, fit Helen. Regardez les autres couples qui se disputent, bâillent, boudent. Moi je trouve la compagnie de Bonnie et Charlie tonique.

Paul n'apprécia pas du tout. Il était stupéfait de la violence de ses propres réactions. Il avait de la sympathie pour tout le monde, il n'aimait personne en particulier. Qu'est-ce que cela pouvait bien lui faire de savoir qui était avec qui ? Pourtant, cela ne le laissait pas indifférent. Il se sentit un peu perdu.

Helen lui jeta un regard acéré.

— Vous avez vraiment fantasmé au sujet de ces trois-là ? fit-elle sans méchanceté.

— Je ne vois pas ce que vous voulez dire, rétorqua-t-il, sur la défensive.

— Ils vous obsèdent, et Bonnie particulièrement. Enfin voyons, vous êtes le dernier à bord à apprendre que c'est elle qui est mariée au jeune adonis blond. Ça a suscité un moment d'intérêt chez nous. Mais sans plus. Tandis que vous, on dirait que les bras vous en tombent.

— Je la trouve vulgaire.

Helen eut l'air choquée.

— Mais non, pas aussi vulgaire que le missionnaire allemand à la retraite qui nous a rejoints à Bombay. Et pas aussi grosse que la Grecque qui doit se tenir l'estomac à deux mains pour pouvoir marcher. Je ne vous comprends pas, Paul. Ce n'est qu'une fille forte qui a un joli visage. Vous n'avez pas dû la regarder correctement, je vous assure pourtant qu'elle a une frimousse étonnante.

— Ma mère était très attirante jusqu'à ce qu'elle renonce à lutter contre ses kilos envahissants, dit Paul d'une voix de petit garçon têtu. Mais jamais elle n'aurait eu l'idée de s'exhiber dans des tenues criardes. Pour attirer l'attention sur elle ? Merci bien !

— Sortait-elle beaucoup ?

— Non. Elle avait de l'amour-propre. Elle savait que son physique était gênant, alors elle évitait de se montrer. C'était quelqu'un de très digne.

— Et probablement de très déprimé aussi, riposta Helen. Comment pouvez-vous savoir si votre mère était digne ou si elle était dingue à force de rester bouclée chez elle au fin fond du Canada sous prétexte que son adorable gamin et son séduisant mari pouvaient s'offusquer de la voir risquer son nez dehors ? Vous n'avez aucun sens de la psychologie.

— Mais c'est vous qui criez maintenant, fit Paul, sidéré par la métamorphose de la calme Helen.

— Si je crie, c'est à cause de vous, espèce de tantouse intolérante, dit Helen. Parfaitement : tantouse. Pédé, lopette, j'en passe et des meilleures. Il y a dix ans, c'est comme ça qu'on vous aurait appelé. Il y a dix ans, la minorité à laquelle vous appartenez ne se montrait pas non plus beaucoup dans les rues, les homosexuels étaient dignes et certainement déprimés, ils se cachaient. Arrêtez de me fixer avec ces yeux-là. Si je vous dis tout cela, c'est parce que vous me tapez sur le système avec votre attitude prétendument libérée. Vous ne vous rendez même pas compte que votre mère a été victime de votre étroitesse d'esprit, du regard que vous portiez sur son physique. Vous voulez que le monde soit plein de robots, d'êtres parfaits. Un monde de nazis où seuls survivent les plus aptes et les mieux bâtis. Il est temps de grandir, Paul, d'ouvrir les yeux.

Paul resta immobile un moment.

— Ecoutez, Helen, je ne veux pas vous bouleverser, vous avez peut-être raison, mais pourquoi est-ce que vous prenez la chose tellement à cœur ? Vous n'êtes pas grosse, vous n'êtes donc pas tenue de défendre la cause des obèses. Dites-moi pourquoi vous réagissez aussi violemment.

— Je vous l'aurais peut-être dit, j'aurais peut-être cédé à l'attrait des confidences de croisière. Je vous prenais pour un gentil garçon à l'esprit ouvert, mais c'est fini. Je ne vous dirai plus rien, il vous faudra deviner. Vous passerez des mois à vous creuser la tête en vain et vous ne connaîtrez jamais la vérité.

Là-dessus, elle lui rit au nez non sans affection.

— Non, mon petit Paul, faites-vous une raison : vous ne saurez jamais si j'ai eu un père obèse qui est mort d'avoir fait régime sur régime, si j'ai moi-même été une petite fille bouffie ou si quelqu'un que j'aimais a été blessé par des gens dont l'attitude était aussi cruelle que la vôtre. Mais ça n'a pas beaucoup d'importance. Cela vous fera une histoire de moins à écouter. L'important, c'est que vous compreniez que c'est vous qui êtes à côté de la plaque et non la grosse Bonnie. Elle est libre, elle n'est pas prisonnière de ses kilos ni de son apparence. Je ne ressens pas la moindre pitié pour cette fille : elle est heureuse, elle a un mari qui l'adore, un sens des affaires particulièrement développé et surtout, elle n'est pas vulgaire, elle. C'est vous, Paul, qui l'êtes. Gary et vous pourriez vous retrouver dans une communauté où les gens n'apprécient pas les gays, songez-y, je ne sais comment vous réagiriez face à l'hostilité générale.

En sortant de la pièce, elle le serra maladroitement contre elle, ne voulant pas couper tous les ponts avec lui.

Comme au sortir d'une anesthésie qui l'aurait laissé engourdi, Paul remonta sur le pont pour contempler le paysage. Le soleil se couchait et comme tous les soirs au crépuscule le magnifique Charlie sirotait un drink flanqué des deux femmes à chapeau. Tous trois riaient de contentement sous la lumière rose.

Traduit par Dominique Wattwiller

Un peu de piment

De l'avis général, Rose possédait un esprit pratique extrêmement développé. Et puis elle était très séduisante et toujours tirée à quatre épingles. C'était pour Denis une merveilleuse épouse, doublée d'une mère épatante pour Andrew et Celia. Sur le plan professionnel, c'était aussi une enseignante hors pair. Bref, les gens la trouvaient exemplaire. Ou, lorsqu'ils n'étaient pas d'humeur aussi charitable, ils disaient n'avoir jamais rencontré quelqu'un qui fût capable de retomber aussi facilement sur ses pieds. Mariée à vingt-cinq ans avec un jeune homme nanti d'une bonne situation, Rose avait deux enfants, un garçon et une fille, un métier pour l'empêcher de rester confinée entre ses quatre murs toute la journée, ce qui lui aurait donné le bourdon, et sa propre voiture. Comme son salaire tombait régulièrement tous les mois, son mari ne se permettait pas de la critiquer lorsqu'elle faisait du shopping ni de la traiter de dépensière. Pourquoi n'aurait-elle pas été un exemple pour tous ?

C'était Rose qui avait eu l'idée des brunchs du dimanche. Cette idée lui avait été soufflée par la tyrannique corvée des déjeuners de famille — mets riches et abondants, repas interminables. Aussi tous les dimanches allaient-ils tantôt chez les uns, tantôt chez les autres, chacun apportant une bouteille de vin et une salade. Tout le monde se mettait sur son trente et un. Les enfants jouaient entre eux. Si l'un ou l'autre des couples d'amis voulait amener un copain, cela ne posait pas de problème.

Ils se félicitaient de leur organisation. Elle les maintenait jeunes et dans le coup. Les empêchait de s'avachir comme s'étaient avachis leurs parents. Et puis, c'était Rose qui avait pris cette initiative.

Autre exemple de la chance qu'avait Rose, sa mère habitait dans le Sud, à Cork. Aussi n'était-elle pas constamment sur son dos à la surveiller et à critiquer la façon dont ses petits-enfants étaient élevés. Deux fois par an, la mère de Rose montait à Dublin ; et deux fois par an également, Rose descendait à Cork avec les enfants. Encore un exemple d'organisation efficace.

C'est pourquoi tous ces gens auraient été très surpris de découvrir combien, à l'approche des vacances scolaires, Rose était mécontente. Il lui semblait enseigner depuis des siècles. Et chaque année les mêmes choses, avec les mêmes mots. Seul son public changeait, elle avait comme élèves les petites sœurs des enfants qu'elle avait précédemment eus dans ses classes.

A la maison, elle allait vraisemblablement avoir les éternelles prises de bec avec Andrew, six ans, et Celia, cinq ans, pour savoir ce qu'ils verraient lorsqu'ils iraient au zoo : Andrew avait un faible pour les serpents et les lions, Celia une préférence pour les oiseaux et les lapins. Et puis, ce seraient de nouveau les palabres avec la fille au pair. Celle-ci changeait de nom chaque année mais leurs discussions portaient sur des sujets identiques : heure de son retour le soir à la maison, consommation de téléphone et abus d'appels longue distance. Et Denis ? Il était fidèle à lui-même. Il lui sortirait les plaisanteries rituelles sur les profs dont la vie n'était qu'une succession de semaines de congé alors que l'humanité laborieuse devait aller jour après jour au charbon. Jamais il ne lui serait venu à l'idée de lui proposer un petit voyage en amoureux. La destination n'avait aucune importance. Rose se serait contentée d'un gîte rural. Mais non, cela ne l'effleurait même pas. Et si Rose se risquait à soulever la question, nul doute que Denis lui rétorquerait qu'il ne pouvait absolument pas s'absenter. Le monde de l'entreprise et l'enseignement n'avaient rien en commun. Un employé du privé devait rester à son poste. Et les dimanches, est-ce qu'elle avait pensé aux dimanches ? Rose ne voulait tout de même pas rater les dimanches avec les amis ? Elle se prenait à souhaiter n'avoir jamais organisé ces brunchs du dimanche.

Il lui fallait sourire et toujours se montrer gaie, confectionner chaque fois un plat différent qui leur arracherait des cris de surprise, se maquiller, lire la presse du dimanche afin de se tenir au courant de l'actualité, s'arranger pour persuader Andrew et Celia de se conduire correctement. C'était toujours la même rengaine, Rose était particulièrement taciturne à l'approche des vacances. Ce que son amie et collègue Nancy ne put s'empêcher de remarquer dans la salle des profs.

— Je te trouve bien silencieuse.

Nancy était célibataire et répétait avec un désespoir feint qu'elle ne trouverait jamais chaussure à son pied.

— C'est sans doute parce que la magie commence à s'émousser, rétorqua Rose beaucoup plus sérieusement qu'elle ne l'aurait souhaité.

— Peut-être qu'au bout de sept ans de mariage il a des fourmis dans les jambes. Cela arrive à des tas d'hommes. C'est un schéma classique. Nous autres, pauvres célibataires, ne cessons de lire des articles là-dessus, histoire de savoir à quoi nous en tenir sur le mariage le moment venu. Rassure-toi, ça se tassera. En général c'est passager.

Rose la fixa, sidérée. Nancy avait tout faux. Ce n'était pas Denis qui avait des fourmis dans les jambes, mais elle. Elle avait trente-deux ans et, sauf imprévu, sa vie allait suivre ce même morne train-train jusqu'au bout. Toutefois, une existence passée à sourire et refouler ses émotions avait rendu Rose prudente. Elle était avant tout, ne l'oublions pas, pragmatique. Elle jugea donc inutile de contredire Nancy.

— Tu as sans doute raison, c'est peut-être passager, au fond, dit-elle, l'esprit ailleurs.

Car Rose venait de comprendre ce qu'elle éprouvait : elle était dévorée d'impatience. Elle cherchait une étincelle, un changement. Peut-être même une liaison. Elle eut comme un frisson d'excitation. Ce n'était pas son genre. Elle avait toujours pensé que les épouses qui fautaient étaient idiotes et méritaient ce qui leur arrivait, c'est-à-dire des choses finalement pas très agréables.

Au cours des jours qui suivirent, Rose constata que la monotonie de son existence dépassait absolument tout ce qu'elle avait connu jusque-là. A chacune des phrases qu'elle prononçait, parfois même sans la laisser terminer, Denis répondait par un invariable : « Excuse-moi, chérie, tu disais ? » Jour après jour, Maria Pilar lui répétait : « J'ai raté le bus, le bus était en retard. » Inutile de faire remarquer à cette idiote que c'était soit elle qui était en retard, soit le bus qui arrivait trop tôt. Rose préféra renoncer. Jour après jour, Andrew déclarait qu'il détestait les corn-flakes et Celia faisait bien entendu chorus. La mère de Rose téléphonait régulièrement de Cork pour se féliciter de la vie qu'elle menait là-bas, une vie agréable et douillette bien loin de la vulgarité et de la violence de Dublin. Rose écoutait, se contentant de marmonner des monosyllabes.

Et de nouveau arriva le dimanche. Elle prépara une salade de riz aux olives noires et aux pignons pour le brunch qui avait lieu ce jour-là chez Ted et Susie. Avant même d'avoir sonné à la porte, elle savait ce que dirait la maîtresse de maison. Jeune femme au teint pâle qui aurait eu beaucoup plus d'allure si elle s'était maquillée et avait porté des couleurs vives, Susie se répandit en compliments : « Quelle idée de génie, Rose ! Tu nous gâtes ; tes recettes sont toujours si originales. Je me demande comment tu fais. »

Rose faillit hurler que c'était simple, qu'il suffisait d'ouvrir un livre de cuisine, mais elle se retint. Ce ne serait pas correct de houspiller une amie. Alors elle sourit, disant que ce n'était pas sorcier. Puis elle pénétra dans le séjour ; tout le monde était là, chacun jouant le rôle qui lui avait été assigné.

Bill parlait du match, Gerry du prix des transports aériens, son mari Denis discutait affaires et Nick vantait les mérites d'un cheval qu'il avait trouvé performant. Les femmes avaient elles aussi un rôle à tenir, des répliques à lancer. Anny déplorait la saleté des rues, Nessa se désolait de la grossièreté des clients du supermarché ; quant à Susie, comme à son habitude, elle passait son temps à s'excuser, espérant intérieurement que tout se passerait bien.

Rose était à des milliers de kilomètres de là lorsque Ted, qui se servait de riz debout près d'elle, lui souffla à l'oreille :

— Très exotique.

— Oh, c'est d'une simplicité enfantine, commença-t-elle machinalement.

— Ce n'est pas du riz que je parle, mais de toi, fit-il en la fixant.

Ted. Ted qui changeait de voiture tous les ans. Ted qui avait un boulot mystérieux. Ted qui était marié à l'insignifiante Susie, laquelle détenait le pognon.

— De moi ? fit Rose, le dévisageant avec intérêt.

— Oui, ton parfum est très exotique. Je me dis toujours que dans le noir, je n'aurais aucun mal à te trouver. Même au milieu des autres.

— Difficile à vérifier étant donné qu'il fait grand jour.

Elle éclata de rire, une lueur dansante dans les yeux.

— Mais il ne fera pas grand jour mardi soir.

— Où veux-tu en venir ?

Rose badinait toujours mais elle n'avait l'air ni intriguée ni offusquée. C'était comme si elle l'encourageait à poursuivre.

— Je dois me rendre à Cork pour affaires et y passer la nuit. J'ai pensé qu'on pourrait en profiter pour tester ma théorie sur ton parfum. Voir si j'arrive à deviner dans quel coin de la pièce tu te trouves. Qu'en dis-tu ?

C'était le moment de lui demander s'il comptait inviter quelqu'un d'autre à se joindre à eux pour jouer à ce petit jeu de société.

— Comment comptes-tu t'y prendre pour réaliser ton projet ?

Elle avait sa voix habituelle, celle des sujets éculés.

— J'ai réfléchi. C'est bientôt les vacances scolaires : tu pourrais aller chez ta mère.

Appuyé contre une étagère, il la fixait intensément. C'était grisant d'avoir devant soi quelqu'un qui vous regardait de cette façon-là. Rose sentit sa gorge se nouer, son estomac se crisper.

— Tu as tout prévu.

— Je ne pense pas que ça pose de problème insoluble.

Ted aurait aussi bien pu parler mobilier de jardin.

— Ça risque de chambouler complètement notre entourage, cette équipée.

— Oh, mais qui te parle de tout chambouler ? Pas question de tomber amoureux, de quitter son conjoint ou de briser son ménage. Ce qu'on veut, c'est seulement... comment dire... un moment de...

— D'évasion ? suggéra Rose.

— Exactement.

Elle trouvait ça très adulte de leur part de ne pas faire de projets ni d'inventer des alibis. Si les choses devaient en arriver là, ce dont elle était pratiquement sûre, ils auraient le temps de voir venir. Ils rejoignirent le petit groupe.

Rose laissa errer ses regards autour de la pièce. Nessa et Susie et Anny et Grace. Est-ce qu'elles n'avaient pas envie de mettre un peu de piment dans leur existence ? Et si oui, qui auraient-elles choisi pour cela ? Certainement pas son mari Denis, il avait peu de temps et encore moins d'énergie pour s'adonner à ce genre d'activité avec son épouse ; inutile de chercher les complications en allant s'amuser à faire du rentre-dedans à la femme d'un copain. Le dimanche se termina rituellement par un arrêt au pub. Là encore, tout était réglé comme du papier à musique. On ne s'éternisait pas en tournées, pas question d'y passer la nuit. Chaque couple payait ses consommations. Tout cela était très civilisé, comme tout ce qu'ils entreprenaient, mais à périr d'ennui.

Tandis qu'ils quittaient le pub pour leur voiture, Andrew déclara qu'il détestait le soda à l'orange et Celia, qui n'avait pratiquement bu que cela dans sa vie, s'empressa de lui emboîter le pas.

Denis ouvrit la portière à Rose.

— N'est-ce pas que nous avons des amis merveilleux ? dit-il tout à coup. On a vraiment de la chance.

Elle sentit une boule de culpabilité se former dans sa gorge, mais elle déglutit et opina.

— Evidemment, tisser un réseau de relations, cultiver ses amis, ça demande du temps, des efforts ; c'est un investissement.

Rose se tourna vers la vitre. Si se donner un mal de chien pour passer un dimanche comme celui-là était un investissement, alors elle avait raison de vouloir s'échapper une journée, une nuit.

La boule de culpabilité s'était volatilisée.

Ted lui passa un coup de téléphone. Il avait repéré un endroit formidable pour garer sa voiture quelques kilomètres après Newlands Cross. Rose en prit bonne note et le remercia. S'ils avaient été sur écoute, le coup de fil n'aurait pu sembler plus innocent. Rose se rendit en ville pour s'acheter une chemise de nuit de dentelle noire, un flacon de parfum ainsi que du talc et une lotion pour le corps. Si elle devait faire joujou avec le séduisant mari de Susie, autant mettre toutes les chances de son côté et s'assurer qu'il s'en souviendrait pendant un sacré bout de temps.

— Je veux aller au zoo demain, décréta Celia à table.

— Bonne idée, fit Denis sans lever le nez, Maman est justement en vacances.

Rose jeta un regard à son fils dans l'espoir qu'il allait s'empresser de mettre son grain de sel. Et elle ne fut pas déçue.

— Je déteste le zoo.

— Moi aussi, je déteste le zoo, enchérit aussitôt Celia.

— Alors c'est décidé. Maria Pilar vous emmènera faire une promenade et manger une glace.

— Je suis fatigué quand je marche, déclara Andrew.

— Vous prendrez le bus. Maria Pilar adore le bus. Maintenant, si ça ne vous ennuie pas, j'ai des tas de choses à faire, je vais voir Grand-Mère demain, fit Rose en se levant brusquement.

— Je veux voir Grand-Mère, dit Celia.

— Je déteste Grand-Mère, contre-attaqua Andrew.

Sans laisser à Celia le temps de dire ouf, Rose déclara qu'il n'en était pas question, qu'il s'agissait d'une visite en coup de vent.

— Tu vas prendre l'avion, alors ? questionna Andrew très intéressé.

Il n'avait jamais pris l'avion et il semblait tenté par l'expérience.

— Excuse-moi, chérie, tu disais ? intervint Denis. Tu vas voir la vieille chouette ?

— Granny, elle a une chouette ? fit Andrew de plus en plus intéressé.

— Je veux la voir, la chouette, martela Celia.

Rose jeta un regard furieux à son mari. Maintenant elle allait être obligée de faire comme si Granny avait une chouette chez elle.

— C'est difficile, elle est tout le temps dehors, surtout la nuit.

— Ça va te faire un long trajet si tu te bornes à y passer la journée, fit Denis.

— Je sais, je resterai dormir là-bas.

Rose fut sidérée de constater à quel point il était facile de mentir quand il le fallait. Elle avait toujours pensé que les femmes qui n'avaient pas l'habitude rougissaient et se trahissaient.

— On peut dire que tu auras fait ton purgatoire sur la terre.

Denis se leva de table pour s'enfermer dans son antre. Il y resterait jusqu'à minuit, occupé à revoir des chiffres, ne manquerait-il pas de lui dire si elle protestait. Il avait toujours un bon prétexte pour s'isoler dans son petit bureau. Rose dormit du sommeil de l'innocence. Aucune femme n'était censée mener à perpétuité une existence aussi terne. Ça ne faisait pas partie du contrat. Il devait y avoir quelque part une clause qui l'autorisait à s'offrir de petites fantaisies en cours de route.

Ted l'attendait à l'endroit fixé à dix heures. Il était détendu, à l'aise. Il rangea le petit sac de Rose dans son coffre.

— Je trouve ça tordant, cette histoire, dit-il.

— N'est-ce pas ?

Pendant le voyage, ils flirtèrent gentiment. Rose dit qu'il conduisait comme un chef. Et Ted qu'elle se lovait sur son siège d'une façon très sexy. Ils écoutèrent des cassettes. Ted avait quelques coups de fil à passer, et il avait retenu une table pour le déjeuner dans un restaurant qui plairait à Rose. Peut-être aimerait-elle d'abord s'installer à l'hôtel et le retrouver au restaurant ? Ils ne parlèrent absolument pas de Denis ni de Susie. Ils se gardèrent bien d'évoquer les mots d'enfant d'Andrew et de Celia, ou des fils de Ted et Susie. Ils étaient en rupture de routine.

Rose examina la chambre, qu'elle jugea à son goût. Elle suspendit sa robe, camoufla les produits de beauté dans son vanity-case, ne voulant pas que son fameux parfum ait l'air de sortir d'un flacon. Elle se contempla dans la glace. Elle était telle qu'elle s'était vue dimanche matin, soit deux jours plus tôt, avant que Ted ne lui fasse cette proposition ahurissante. Pareille à elle-même mais un petit peu plus soignée encore car elle s'était épilé les jambes. C'est à ce genre de détail qu'on décèle qu'une femme a une liaison ; mais Denis, lui, n'avait rien remarqué. Elle se dirigea tout heureuse vers le restaurant d'où jaillit un cri qui lui glaça le sang :

— Rose, Rose, je suis là.

C'était sa mère, assise en compagnie de Nora Ryan, la personne la plus désagréable de tout le sud de l'Irlande, voire peut-être même de l'Irlande tout entière. Une femme aux yeux de fouine et à la langue vipérine qu'elle ne cessait de darder hors de sa bouche pour proférer mots cruels et critiques acerbes. Les deux femmes étaient installées à une table pour trois. Elles tirèrent la troisième chaise pour Rose. Cette dernière eut l'impression que sa tête allait exploser : c'était comme si elles l'attendaient.

— Comment savais-tu que je venais te... te voir ? bafouilla-t-elle.

— J'ai téléphoné chez toi. Je suis tombée sur ton abrutie de fille au pair qui m'a dit que tu étais à Cork.

— Ces Européennes, des buses, fit Nora Ryan, roulant les yeux.

— Nous sommes aussi des Européennes, jeta sèchement Rose.

— Je ne vous savais pas si observatrice, ma chère petite, fit Nora, plus vipère que jamais.

— Et qu'est-ce que tu lui as dit ? fit Rose à sa mère.

— J'ai dit que c'était formidable, que Nora et moi devions déjeuner ici, mais cette bécasse n'a rien compris à ce que je lui racontais.

— Ah, les Espagnoles ! fit Nora, ses yeux touchant presque le bord de son hideux chapeau.

— Qu'as-tu fait alors ? fit Rose, se sentant prise de panique.

L'impensable s'était produit. Sa mère avait dû dire à son mari qu'il n'avait jamais été question qu'elle aille la voir. Rose avait-elle une chance de pouvoir prétendre avoir voulu faire de cette visite-éclair une surprise ?

— J'ai eu une conversation bizarre avec mon petit-fils. Il semblait persuadé que la maison était infestée de bestioles bizarres et que si tu venais, c'était pour t'occuper de la question. Puis j'ai appelé Denis au bureau, histoire de savoir ce qui se passait.

— Qu'a-t-il dit ?

— En voilà des questions, Rose, on dirait un inspecteur de série policière télévisée, fit Nora Ryan.

Rose lui jeta un regard haineux.

— Maman, qu'est-ce que Denis t'a raconté ?

— Qu'il était en bonne santé, qu'il se rendait à une réunion des...

— Tu ne veux quand même pas que je te secoue comme un prunier, si ? Au nom du ciel, qu'a-t-il dit à propos de mon voyage à Cork ?

— Vraiment, Rose... commença Nora Ryan.

— Oh vous, fermez-la, fit Rose.

Les deux femmes la fixèrent. Rose essaya de regagner un peu du terrain que ses nerfs lui avaient fait perdre. Elle se mit à parler très lentement, comme si elle s'adressait à une personne dotée d'un QI de débile.

— Puis-je te demander gentiment, Maman, de me répéter les paroles de Denis ?

La mère de Rose se tripotait le cou. Elle semblait presque craindre de parler.

— Je ne vois vraiment pas pourquoi tu te mets dans cet état, Rose, non, je ne vois pas. J'ai prévenu Denis que si jamais tu lui téléphonais avant de passer chez moi, nous serions dans ce joli restaurant avec Nora. Cela pour t'éviter de trouver porte close. Et j'ai ajouté dans la foulée que je t'invitais à déjeuner. Je ne m'attendais pas à ce que tu me traites comme ça. Menacer de me secouer...

Elle était blessée et ne se souciait pas de le cacher.

Mme Ryan endossa un rôle qui n'était pas ordinairement le sien : celui de consolatrice.

— Voyons, voyons, fit-elle en tapotant l'épaule de la mère de Rose tout en jetant à cette dernière des regards courroucés.

— Est-ce qu'il savait que je devais passer la nuit chez toi ?

La voix de Rose était dangereusement calme.

— Bien sûr, fit sa mère en reniflant.

— Comment l'a-t-il appris ?

— C'est moi qui le lui ai dit.

— Et toi, comment l'as-tu su, Maman ?

La mère de Rose et Nora Ryan échangèrent un regard inquiet. Est-ce que Rose perdait la tête ?

— Mais parce que Maria Pilar me l'avait dit, que mes petits-enfants me l'avaient dit.

Rose parut respirer plus librement :

— Bon, le mystère est éclairci.

A cet instant précis, Ted s'engouffra dans la vaste salle, une rose rouge enveloppée de cellophane à la main. Rose se sentit pâlir.

La voyant, il s'approcha.

— Quelle surprise ! Quelle incroyable surprise !

fit-il d'une voix de stentor d'acteur médiocre dans une pièce interprétée par des amateurs.

Les deux vieilles dames s'entre-regardèrent, médusées.

— Doux Jésus, mais c'est Ted ! s'écria Rose. Si je m'attendais à ça.

Elle fit des yeux le tour de la pièce comme si elle s'attendait presque à y voir d'autres personnes dont la présence était tout aussi surprenante.

— J'ai une chose absolument incroyable à vous dire, hurla Ted sans se rendre compte maintenant que toute la salle à manger les observait et ne pouvait s'empêcher d'entendre ses propos.

— Je vous présente ma mère, piailla Rose, ma mère à qui je devais aller rendre visite à Cork.

— Très heureuse... commença la mère de Rose, qui s'arrêta net en se rendant compte qu'on ne lui prêtait pas la moindre attention.

— Une chose invraisemblable m'est arrivée, répéta Ted. J'étais à l'hôtel, avant de passer ici, et devinez sur qui je tombe ? Le frère de Susie et sa femme. Susie est mon épouse, confia-t-il à la soixantaine de personnes qui composaient maintenant son auditoire. Ils sont de passage à Cork et sont descendus dans le même hôtel.

Il marqua une pause pour laisser aux convives le temps de se pénétrer de ses paroles.

— Le même.

N'obtenant pas la réaction souhaitée, il reprit une octave au-dessus :

— ... exactement le même.

Rose se mit à bafouiller.

— Mais c'est formidable, Ted, comme ça vous allez être tous ensemble. J'aimerais bien descendre à l'hôtel de temps en temps mais je suis chez ma mère.

Mme Ryan la regarda en plissant les yeux.

— Je suis sûre que ça ne contrarierait pas votre mère que vous couchiez à l'hôtel, dit-elle d'un ton arrangeant.

— Non non, je ne peux pas. De toute façon, il y a un tas de bestioles à la maison, ajouta-t-elle à l'adresse de Ted, c'est là que je vais passer la nuit.

Ted poursuivait de son côté, c'était à se demander s'il l'avait seulement entendue :

— Le plus drôle, c'est que quand ils m'ont aperçu, ils ont demandé confirmation à la réception pour savoir si c'était bien moi et pas un sosie, et la réception, ces gens-là fourrent leur nez partout, leur a répondu que *M. et Mme* Ted O'Connor étaient effectivement là.

— Qu'as-tu fait ? dit Rose.

— Je leur ai expliqué qu'au tout dernier moment Susie avait eu un empêchement et là-dessus la réception m'a demandé si je voulais une chambre simple parce que ce serait moins cher. J'ai dit oui, que j'allais me dépêcher de boucler mon sac, ce que j'ai fait. Mes affaires sont maintenant dans le coffre de la voiture, si tu vois ce que je veux dire.

Rose le regarda, il était cramoisi. On aurait dit un fou s'adressant à un peuple de dingues.

— Si tu vois ce que je veux dire, rugit-il.

Rose se sentit soudain investie d'une étrange maturité. Elle comprit qu'elle avait eu assez d'émotions fortes pour l'instant, qu'elle en avait fait provision pour un bon moment. Sous prétexte d'aider Ted à garer sa voiture, elle sortit avec lui et récupéra son petit sac. Ils étaient tous deux trop choqués pour prononcer un mot.

Elle regagna le restaurant où les convives l'enveloppèrent d'un regard curieux dans l'espoir d'assister au deuxième round.

Ted avait offert la rose rouge à Mme Ryan.

— Pour vous, lui avait-il déclaré sans autre explication.

Nora Ryan n'avait rien vu de bizarre dans ce cadeau. Dans sa jeunesse, on l'avait couverte de fleurs. Rose parla d'un ton courtois à sa mère, prit ses dispositions pour passer la nuit dans la maison maternelle, trouva un train pour regagner Dublin et un moyen de récupérer sa voiture qu'elle avait laissée derrière Newlands Cross. Bien décidée à entamer ce qui, elle l'espérait, serait une période aussi morne que possible.

Traduit par Dominique Wattwiller

Un temps idéal

Robert lui dit qu'après dîner ils s'installeraient confortablement sur le sofa munis d'une carte du sud de la France afin de préparer leur voyage. Frankie attendait ça avec impatience. Elle aimait toujours cette phase des vacances, lorsqu'il s'asseyait sur le canapé un bras autour de ses épaules, le feu crépitant dans la cheminée, un verre de vin à portée de main, et qu'ils pointaient à tour de rôle le doigt sur des noms de lieux magiques. Cela s'était passé comme ça l'année précédente lorsque la conférence s'était tenue en Espagne et qu'ils avaient fait la chasse aux petits villages typiques pour s'y promener à loisir. Et l'année d'avant lorsque la conférence avait eu lieu en Italie et qu'ils avaient rêvé en déchiffrant sur la carte les noms des lacs.

Evidemment Frankie savait que la soirée ne s'organiserait pas toute seule. Il lui faudrait sauter le déjeuner pour foncer dans les magasins d'alimentation dénicher quelque chose qui lui ferait plaisir. Entreprise de plus en plus difficile depuis qu'il avait commencé à se préoccuper de son tour de taille. Fini les soirées où ils engloutissaient tranches de faux-filet, champignons, pain à l'ail. Peut-être réussirait-elle à trouver de la lotte, c'était très cher mais elle pouvait bien faire un petit extra. En garniture, elle préparerait des petits légumes. Elle pourrait même les éplucher au boulot car ce soir en rentrant elle aurait vraiment très peu de temps. Il lui faudrait ranger l'appartement, se débarrasser de tous les documents qui l'encombraient. Il y avait plus d'une semaine que Robert n'avait pas mis les pieds chez elle et elle avait tout laissé traîner, notamment ses papiers et ses notes des cours du soir à l'université.

Frankie songea avec plaisir à la soirée qui s'annonçait. Elle mettrait sa robe verte, celle qui allait si bien avec ses yeux. Le compliment ne datait pas d'hier. Mais il n'était pas nécessaire de répéter indéfiniment la même chose à quelqu'un qu'on aimait. Cela n'aurait pas été naturel, et à la longue un peu lassant. Le seul avantage de son emploi, c'est qu'il n'était pas très compliqué. Et que les horaires étaient raisonnables. L'abominable Dale voulait une réceptionniste avenante pour demander aux visiteurs de patienter en feuilletant des coupures de presse vantant ses mérites d'attaché de relations publiques avant de leur annoncer que le patron les attendait. Frankie était beaucoup trop futée pour ce boulot et tirait de cette constatation une grande satisfaction. Cela dit, bosser chez Dale lui fournissait une excuse toute trouvée pour voir Robert quasiment tous les jours. Et Frankie aurait fait n'importe quoi, y compris travailler dans une mine de charbon, pour pouvoir être auprès de Robert.

Robert, lui, avait besoin d'excuses pour rencontrer Frankie : il était en effet marié à la fille du patron. C'était un mariage de convenance contracté à une époque où il ignorait tout de l'amour véritable. Robert et sa femme avaient deux enfants, âgés de huit et sept ans. A cet âge-là, on ne pouvait les perturber et ce n'était pas leur faute si leur père avait rencontré la femme de sa vie trop tard. Robert était l'étoile montante de l'entreprise, il lui fallait cravacher plus dur que jamais maintenant qu'il avait décidé de plaquer son épouse et d'entretenir deux ménages. Il lui fallait se rendre absolument indispensable au patron, c'est-à-dire à son beau-père, de façon que ce dernier ne puisse se résoudre à se séparer de lui le jour où il se risquerait à parler de divorce, Frankie ne lui avait pas demandé quand il comptait mettre les pieds dans le plat, mais elle se disait que ce ne serait sans doute pas avant que les enfants aillent en pension. Dans trois ans peut-être. Elle attendrait, évidemment. D'ici là, ils vivaient des moments formidables : la lune de miel. C'est ainsi qu'ils appelaient leurs vacances d'été. Lune de miel italienne, lune de miel espagnole, et bientôt lune de miel française. Frankie rédigea sa liste de courses et sortit du tiroir une carte de France. Chaque fois que Dale croisait dans les parages, elle faisait mine de prendre des notes ou de chercher une référence. Dale n'était pas du genre à l'interrompre pour lui poser des questions. Frankie avait le physique de l'emploi avec ses longs cheveux bruns bouclés et ses yeux d'un vert éclatant. Et puis, elle était l'amie de Robert, le chouchou de Benson. Dale aurait placé n'importe qui sur le fauteuil de la réception si cela pouvait lui valoir les bonnes grâces de Benson. Il considérait comme un plus que Frankie fût, outre l'amie de Robert, intelligente et jolie. La seule chose que Frankie trouvait assommante, c'est que coincée derrière ce bureau en fer à cheval elle devait impérativement faire ses heures. Si seulement elle avait pu prendre son après-midi ! Elle aurait pu filer chez le coiffeur, se faire faire une manucure — un luxe — car ses mains auraient la vedette ce soir tandis qu'en compagnie de Robert elle tracerait l'itinéraire qu'ils suivraient sur la Côte d'Azur de Cannes à Saint-Raphaël et Saint-Tropez, ou alors de Cannes à Antibes, Nice et Monte-Carlo. Rien que de prononcer ces noms, elle avait le tournis. Peut-être qu'elle s'achèterait un petit guide touristique à la pause déjeuner, histoire de paraître mieux documentée.

Comme de bien entendu, il lui fallut en mettre

un coup pour arriver à tout finir dans les temps. Enfin, le dîner s'était bien passé. Robert était détendu, il avait desserré sa cravate, ôté ses chaussures. Frankie s'était fait un shampooing et avait acheté des boucles d'oreilles à l'heure du déjeuner.

— Ravissant, ce vert, lui avait-il dit, exactement de la couleur de tes yeux.

Elle sut alors qu'elle avait eu raison de se décarcasser comme ça. Elle se félicita même d'avoir investi dans un lave-vaisselle. Ç'avait été une dépense folle mais Robert adorait cet appareil car sa femme refusait tous les gadgets électroménagers — lubie qu'elle pouvait se permettre d'autant plus facilement qu'elle était secondée par une jeune fille au pair efficace. Chez Frankie, Robert était heureux de voir des machines. On se complique moins la vie comme ça, disait-il. Ils placèrent dans le panier les assiettes, les verres et les couverts puis écoutèrent la machine ronronner dans la cuisine tandis que Frankie sortait sa carte.

— Chérie, dit-il soudain, ce n'est pas la bonne, j'en ai peur.

— C'est la carte de la Provence. Et elle comporte aussi la région de Cannes, Nice et toute la Côte d'Azur, rétorqua Frankie, surprise.

— Le voyage est à l'eau, mon petit cœur.

Frankie sentit son estomac se serrer :

— Je ne comprends pas.

— C'est pourtant la vérité. Ecoute, essaie de

ne pas me regarder avec ces yeux-là si tu veux bien. Je suis aussi contrarié que toi.

— Pourquoi est-ce que je ne peux pas venir ? Jusque-là on s'est toujours bien débrouillés. Je dis à Dale que je prends des vacances, tu racontes à M. Benson que tu as besoin de quelqu'un du service de Dale pour organiser la conférence avec toi. Pourquoi est-ce que je ne peux pas t'accompagner cette fois-ci, pourquoi ?

Frankie avait pris la voix d'une enfant de sept ans, mais sa déception était si vive qu'elle n'arrivait pas à la dissimuler.

Elle s'était acheté des vêtements, des chaussures horriblement chères, des accessoires de plage à couper le souffle. Leur organisation était impeccable, que se passait-il ? Aurait-il rencontré quelqu'un d'autre ? Il avait trompé sa femme une fois déjà, rien ne l'empêchait de recommencer. Non, non, ne t'amuse pas à donner dans ce genre d'élucubrations et surtout ne pleure pas. Frankie s'efforça de se dérider.

Robert avait une voix lasse et résignée.

— Ça n'a rien à voir avec toi, chérie, c'est moi. Je n'y vais pas.

— Mais tu assistes toujours à la conférence. Benson's, c'est *toi*.

Elle était absolument sidérée et pourtant elle voyait briller une lueur d'espoir. Supposons que l'inconduite de Robert ait été découverte en haut lieu, qu'on soit allé jusqu'à lui infliger ce camouflet. Cela ne signifiait-il pas qu'approchait le jour où ils pourraient enfin vivre ensemble sans se cacher ?

— Eh bien cette année, moi, le petit génie de Benson's, je vais devoir me farcir le sale boulot et essayer de rattraper les bourdes de quelqu'un d'autre. Figure-toi que nous avons un gros problème du côté de la Swanee et que je suis seul capable de ramener tout ce monde-là à la raison. On n'a pas idée d'employer des incompétents et des abrutis de cet acabit. A la place du vieux, j'en aurais viré les trois quarts depuis belle lurette. Laisse-moi te dire que, le moment venu, je ne me gênerai pas pour dégraisser !

C'était un vieux refrain. Et Frankie n'avait aucune envie d'entendre Robert lui exposer sa politique le jour où il prendrait les rênes de l'entreprise. Ces répliques-là, ils les avaient échangées maintes et maintes fois. Ce qui l'intéressait, c'était de savoir ce qui se passait de neuf qui les obligeait à modifier leurs projets.

La nouveauté, c'était l'Irlande. Une nouvelle usine, des soucis à la pelle, personne pour redresser la barre, pour dire aux gens qui étaient sur le terrain ce qui se passait et ce que l'on attendait d'eux. Bref personne pour expliquer à la base la situation.

— Entre eux et nous, le contact ne passe pas. Ils se disent que si nous nous sommes engagés dans cette affaire, c'est uniquement pour le profit.

Frankie ne souffla mot, s'abstenant de murmurer les habituels mots de réconfort. Elle savait pertinemment que ce n'était pas par esprit de philanthropie que Benson's s'était embarqué dans cette aventure. Les affaires étaient les affaires.

— Conclusion, la semaine où doit justement se tenir la conférence de Cannes, il faut que j'aille me perdre au milieu des marécages pour parler à ces mutins et leur promettre monts et merveilles.

— Tu ne peux pas y aller avant la conférence ?

— Parce que tu t'imagines que je n'ai pas posé la question ? Mais le vieux n'a pas voulu en démordre. Il faut que j'y aille à ce moment-là et pas à un autre, ça a un rapport avec je ne sais quelle manifestation européenne qui se tient là-bas. Car en Irlande ils s'intéressent de près à l'Europe pour une raison qui m'échappe. Bon Dieu, je ne sais ce qui me retient de... de les tuer, mes enfoirés de collègues. Ils auraient mieux fait de régler les problèmes tout de suite au lieu de laisser la situation pourrir et le mécontentement croître. Si je ne me pointe pas là-bas, l'affaire risque de nous claquer entre les doigts et de s'effondrer comme un château de cartes.

Il était si beau quand il était contrarié. Pas étonnant que les gens soient impressionnés.

— Tu crois qu'on aura une autre lune de miel cette année ? demanda-t-elle d'une petite voix et les yeux baissés de peur qu'il ne lise la souffrance dans son regard.

— Peut-être que tu pourrais m'accompagner en Irlande, fit-il sans trop de conviction. Je ne vais quand même pas passer toute la journée enfermé en compagnie de ces gars-là. C'est bien le diable si je n'ai pas un peu de temps à moi.

— Pour faire quoi ?

Elle n'avait pas de carte d'Irlande, pas de noms magiques à prononcer comme Juan-les-Pins ou Saint-Tropez.

— Mais je ne sais pas, ma petite chérie, je ne sais pas, laisse-moi quelques jours pour me retourner. Je n'ai appris ce contretemps que cet après-midi. On s'arrangera. Tu pourrais te reposer. Ça te ferait du bien de changer de cadre, non ? Et moi je m'échapperai chaque fois que j'aurai une minute.

Une femme plus courageuse lui aurait dit de laisser tomber. Une femme plus coriace lui aurait dit quoi faire d'une offre aussi tiède.

Mais Frankie n'était ni courageuse ni coriace. Voilà pourquoi elle se retrouvait dans ce petit hôtel de la côte ouest de l'Irlande. Un hôtel à l'enseigne de *L'Herbe verte*, qui se dressait au sommet d'une falaise surplombant une longue plage déserte. Lorsqu'on fixait la mer, vous disait-on, c'était l'Amérique qu'on fixait derrière la ligne d'horizon. Frankie le croyait aisément : la mer s'étendait à perte de vue. Les premiers jours, l'eau était grise, solitaire, les mouettes criaient, d'autres oiseaux venaient se percher sur les rochers. Elle vit passer des marsouins, se familiarisa avec les mœurs d'un cormoran, apprit à reconnaître les mouettes tridactyles, les hirondelles de mer et les fous de Bassan.

— Si ça continue, je vais devoir m'inscrire à un cours du soir d'ornithologie, dit-elle tristement au propriétaire de l'établissement tandis qu'il déposait du homard sur la table dressée pour la troisième fois consécutive pour une personne.

— Il y a des façons plus désagréables de passer le temps, dit-il d'une voix douce mais distante.

Il s'appelait Shane et était revenu au pays après un séjour en Amérique. Il avait appelé cet endroit *L'Herbe verte* parce que l'herbe semblait toujours plus verte vue de loin. Il avait mis de l'argent de côté pendant sept ans pour faire construire ce petit hôtel. Il était différent des gens du cru qui voulaient tout savoir de Frankie et Robert, ce qu'ils faisaient, s'ils avaient des enfants, où ils avaient passé leurs vacances avant d'échouer dans cette station perdue. Shane ne posait pas de questions. Il avait l'air content de son mode de vie. Elle le voyait ramasser dans ses champs les légumes qu'il avait lui-même cultivés. Elle l'observait parfois tandis qu'il rédigeait les menus de son écriture appliquée. Robert partait de bon matin et rentrait rarement à l'hôtel avant la tombée de la nuit.

— Pour une lune de miel, c'est plutôt raté, ma

petite chérie, répéta-t-il à plusieurs reprises, le visage blême de fatigue.

— La lune de miel, c'est surtout la nuit que ça se passe, je te signale, répondait-elle en riant.

Mais le soir, Robert, épuisé, s'endormait comme une masse dès qu'il était au lit. Certaines nuits, Frankie s'asseyait devant la baie vitrée pour admirer le ciel. Parfois elle apercevait Shane qui promenait son chien Tracey. Ainsi il ne dormait pas lui non plus, songea Frankie. Même si, après avoir économisé sept ans durant pour bâtir l'hôtel de ses rêves, il en était maintenant l'heureux propriétaire. Elle voyait Shane se baisser pour ramasser des coquillages au clair de lune. Il avait l'air paisible, à l'aise, même s'il n'appartenait pas vraiment à ce pays. Il s'était absenté trop longtemps et il avait une pointe d'accent new-yorkais dans la voix.

Le lendemain matin au petit déjeuner, elle lui posa des questions sur les coquillages.

— Vous étiez assise près de la fenêtre et vous regardiez la mer au clair de lune, fit Shane.

La remarque parut agacer Robert.

— Tu ne m'avais jamais dit que tu ne dormais pas.

Elle eut l'impression de s'être montrée déloyale.

Un peu plus tard, Shane lui donna des coquillages, des cauris.

Robert se plaisait à penser qu'elle se reposait,

que le fait de partager des bribes de sa vie la dédommageait largement de la promesse qu'il n'avait pas tenue, de la conférence qui n'avait pas eu lieu, de la Côte d'Azur qu'ils n'avaient pas visitée.

— Je suis sûr que ça te fait un bien fou, disait-il chaque matin tandis qu'ils mangeaient du pain bis et du poisson tout frais pêché.

Les premiers jours elle avait souri bravement et était allée se promener le long de la falaise avec un livre, pour essayer de cesser de se dire que sa vie était aussi grise que le ciel alentour.

Et puis un jour le soleil se leva et tout changea. Même Robert ne semblait plus avoir tellement envie de partir.

— C'est vraiment très beau cet endroit, dit-il, planté près de sa voiture de location alors qu'il s'apprêtait à rejoindre les mutins qu'il avait bien du mal à faire taire et à calmer.

Frankie contempla la plage où si souvent elle avait marché par mauvais temps. Aujourd'hui elle étincelait. Des éclats de métal précieux semblaient incrustés dans les rochers. Elle crut presque pouvoir distinguer les cauris que Shane avait ramassés. La mer revêtait une infinité de teintes vertes et bleues ponctuées de paillettes blanches.

— Je me demande si je ne vais pas piquer une tête, dit-elle.

— Sois raisonnable, c'est l'Atlantique.

— Je sais, et le prochain arrêt, c'est l'Amérique.

Frankie éclata de rire.

Robert la regarda sans comprendre.

— J'espère que je ne rentrerai pas trop tard, dit-il sans conviction. Ces gens-là n'en finissent pas de me réclamer des explications.

Il s'éloigna dans sa voiture, tandis que Frankie le suivait des yeux le long des montagnes pourpres, de l'autre côté des champs verdoyants avec leurs murs de pierres sèches qui s'étalaient jusqu'à la forêt sombre et veloutée. Elle eut l'impression que le film en noir et blanc dans lequel elle avait fait de la figuration se transformait en une somptueuse superproduction en Technicolor. Elle courut d'un bond à l'étage chercher le maillot de bain rouge qui lui avait coûté une fortune à l'époque où elle croyait l'étrenner sur la Côte d'Azur. Comme elle redescendait avec son coûteux sac de plage et son drap de bain mousseux rouge et blanc, le chien de Shane, Tracey, s'approcha en frétillant.

— Ce serait vraiment sympa si vous pouviez l'emmener, dit Shane. Il aurait bien besoin de se dégourdir les pattes. Parce qu'avec le temps qu'il fait aujourd'hui, je vais avoir un monde fou au déjeuner. Pas question pour moi de décoller d'ici.

— C'est que je ne suis pas très calée en matière de chiens.

— Tracey est mi-berger, mi-setter. Il a un

caractère paisible. Il n'aboiera que si vous vous noyez ou si on vient vous embêter.

— Qui viendrait m'embêter ? fit Frankie en riant. La plage est déserte.

— Ce maillot risque d'attirer l'attention des gens de la région.

Il éclata de rire à son tour ; le beau temps lui donnait l'air moins lointain.

— Vous croyez qu'il serait capable de se sauver ou de se ruer sur un autre chien ?

Jamais Frankie ne s'était promenée avec un gros chien bondissant.

— Aucun risque. En guise de récompense, je vous apporterai de quoi déjeuner.

— Oh non.

— Mais si. C'est bien le moins que je puisse faire si vous faites du baby... je veux dire du dog-sitting. Il y a un très beau rocher plat dans la baie voisine, ça fera une table idéale.

Jamais elle n'avait passé une journée comme celle-ci sur une plage. Tracey courait avec une énergie inépuisable après les bouts de bois qu'elle lui lançait. Il lui semblait voir le chien sourire lorsqu'il bondissait après les branches. Tracey, devant les vagues, se mit à aboyer ; pourtant il entra dans l'eau, se mit à nager, agitant les pattes près d'elle, comme s'il la surveillait. Elle ramassa des coquillages et les disposa sur le rocher plat. Bientôt Shane arriva avec un panier de pique-nique.

— Vous avez abandonné vos clients ? Comment espérez-vous vous en tirer financièrement !

— On voit que vous n'avez pas de montre, il est plus de trois heures, ils sont partis. Vous devez être affamée.

C'était vrai. Elle avait joué avec ce grand chien fou pendant des heures sur une plage jonchée de coquillages, il n'y avait pas de nuages et pas un instant elle n'avait pensé à Robert.

Ils partagèrent le pique-nique en camarades. Praires, pain cuit maison, fromage fabriqué par les religieuses d'un couvent voisin, pommes rouges cueillies dans le verger derrière l'hôtel.

— C'est le paradis, soupira-t-elle tandis qu'il buvait la dernière goutte de vin de la bouteille.

— Heureusement qu'on n'a pas ce temps-là en permanence.

— C'est parce que vous auriez trop de travail que vous dites ça ?

Frankie avait failli souhaiter au contraire que les journées fussent toutes aussi radieuses.

— Parce que l'île serait desséchée au lieu d'être verte et qu'on aurait tellement pris l'habitude du beau temps qu'on ne songerait même plus à remercier le ciel.

— Je sais, mais et votre commerce ? Si le temps était plus clément, les clients aflueraient, la plage serait bondée.

— Et vous croyez que nous pourrions déjeuner

tranquillement si cette plage était noire de monde ?

— Nous avions projeté de nous rendre dans le Midi de la France, déclara-t-elle soudain.

— C'est ce que votre mari m'a expliqué quand il a téléphoné pour réserver, fit Shane de nouveau distant. Il semblait très déçu et il m'a dit à plusieurs reprises que son idée première n'était certes pas de venir en Irlande.

Frankie s'apprêtait à lui expliquer que Robert n'était pas son mari mais elle s'abstint. Au lieu de cela, elle se crut obligée de faire des excuses.

— D'habitude, il est charmant, jamais il ne vous aurait parlé de ce contretemps. Il est ici pour affaires, nous avions cru pouvoir profiter de la tenue d'une conférence à Cannes pour prendre nos vacances là-bas.

— Pourquoi vous a-t-il emmenée si c'est pour vous laisser seule toute la journée ?

— Je suis heureuse qu'il l'ait fait, dit Frankie, s'efforçant de prendre un ton positif. Dites-moi, l'interdiction de se baigner après le déjeuner, c'est sérieux ou c'est une histoire de bonne femme ? Si on tentait le coup ?

— Du moment qu'on ne s'éloigne pas trop du bord.

Ils coururent jusqu'à l'écume et se jetèrent dans l'océan.

— Vous êtes déjà allée dans le Midi de la France ? lui demanda-t-il.

— Non, fit-elle d'une toute petite voix.

— Moi non plus. J'ai une idée : on va faire comme si cette plage était mille fois plus agréable, dit Shane en se jetant dans les vagues.

— Tu as pris le soleil, remarqua Robert lorsqu'il rentra ce soir-là plus tôt que de coutume.

Il avait téléphoné pour qu'on lui garde son dîner au chaud et avait appris de la bouche de Shane avec une surprise mêlée d'agacement que sa femme avait déjeuné tard dans l'après-midi.

— C'est toi qui lui as dit que nous étions mariés ? fit Robert tandis qu'assis à une table devant la baie vitrée il admirait le coucher du soleil.

— Non, chéri. Mais tu as loué la chambre au nom de M. *et* Mme. Ici il n'en faut pas davantage pour croire que des gens sont mariés.

Robert lui jeta un coup d'œil incisif mais décida de ne pas entamer de discussion.

— Alors ça va mieux à l'usine ? Tu y vois un peu plus clair ?

— Oui. J'ai réussi à leur enfoncer dans le crâne que Benson's s'intéressait réellement à leur sort, dit Robert.

— Et c'est vrai ? fit Frankie d'un air innocent.

— Où veux-tu en venir ?

— Il est arrivé à maintes reprises que des gens rentrent au pays parce qu'ils croyaient qu'ils allaient avoir enfin un travail décent dans une boîte solide, et pas dans une usine qui plierait bagage à la moindre difficulté.

— Voyons, Frankie, qu'est-ce que tu t'imagines ? Benson's n'est pas Mère Teresa. Il nous faut bien avoir l'esprit pratique. Si jamais les choses tournaient mal, pas question qu'on s'éternise. On ferme boutique.

— Du moment qu'ils savent à quoi s'en tenir, c'est bien.

— Qu'ils le sachent ou non, c'est pareil, s'énerva Robert.

— Tu me rappelles de plus en plus Dale, murmura Frankie. Le même cynisme.

— Et toi, tu ressembles de plus en plus à ma femme avec ta manie de me chercher querelle et de m'asticoter à propos de tout et de rien.

Frankie avait lu quelque part que l'on sait toujours à quel moment une liaison prend fin. On le sait mais on ne l'accepte pas. On essaie de se persuader que c'est parce que l'autre a eu des journées épuisantes et des négociations interminables et que l'on a soi-même abusé du soleil.

Il est probable que Robert aboutit à la même conclusion, parce que lorsqu'on vint l'avertir qu'on le demandait au téléphone, il se leva avec empressement et revint trente secondes plus tard dire que les hommes le réclamaient, qu'ils voulaient s'entretenir encore avec lui. Ils se quittèrent en bons termes, presque avec soulagement.

Frankie s'en alla marcher sur la plage, sous les

derniers rayons du soleil. Elle entendit Tracey arriver juste avant de se rendre compte que Shane était là lui aussi.

— J'avais une amie à New York, une grande amie. Elle devait rentrer au pays et tenir l'hôtel avec moi. On devait s'occuper de l'affaire à deux. Puis elle m'a dit qu'elle me rejoindrait plus tard. Après ça, elle m'a expliqué qu'elle avait besoin de réfléchir, et enfin qu'elle m'écrirait.

Ils marchèrent en silence car les paroles semblaient superflues. Frankie songea à toutes ces années et aux deux lunes de miel pendant lesquelles elle s'était sentie obligée de distraire Robert du matin au soir en lui faisant la conversation, de se montrer brillante, de ne pas manifester son chagrin lorsqu'il la blessait, de camoufler sa solitude.

— Ce n'est pas mon mari, fit-elle au bout d'un moment.

— Je sais, dit Shane.

— Ah bon, comment ça ?

— Les étiquettes sur les valises, ses instructions pour les coups de téléphone. En cas d'appel du bureau, je devais demander à son interlocuteur de m'indiquer ses coordonnées et l'heure à laquelle le rappeler. Si vous aviez été mariés, il vous aurait chargée de prendre les messages.

Au bout d'un long moment, Frankie demanda :

— Ça se passe bien pour vous ? Ce n'est pas trop dur de diriger l'hôtel seul alors que vous aviez prévu d'avoir une associée ?

— Ça va, et puis je ne resterai pas forcément toujours seul. On ne sait jamais.

La mer était calme, ils lancèrent des galets plats pour faire des ricochets.

— Il va repartir bientôt, j'imagine, dit Shane. Les gars m'ont dit que tout était réglé.

— A leur place, je ne m'y fierais pas trop.

— Ne vous inquiétez pas, ils sont plus malins qu'ils n'en ont l'air, dit Shane en riant. Quand on a travaillé outre-Atlantique, on apprend forcément des choses sur le business.

— On avait prévu de rester quelques jours de plus une fois le conflit réglé, mais maintenant je crois que nous allons partir.

— J'imagine qu'il va essayer d'attraper au vol la conférence de Cannes.

— Un endroit où le soleil brille tout le temps et où l'on n'a jamais de surprises ? fit Frankie en lui souriant.

— Exactement, confirma Shane.

— Que prévoit la météo ici ?

— On est optimistes mais le temps est incertain.

— Je vais rester, décida Frankie. Je vais rester un moment voir si le beau temps se maintient.

Ils regagnèrent l'hôtel à pied en silence mais sans gêne apparente, ils savaient qu'il n'y avait rien à dire, pas de projets à faire, pas de précisions à donner.

Traduit par Dominique Wattwiller

Victor
et la Saint-Valentin

Dans la famille de Victor, la Saint-Valentin était une fête très importante. Ses sœurs passaient des semaines à se demander si on leur enverrait une carte, sa mère préparait un dîner particulièrement soigné pour son mari, ce soir-là, et allumait des bougies. Son père ne manquait pas de rapporter un petit quelque chose de romantique, breloque en forme de cœur, pendentif, vase ou soliflore. Non, décidément, ce n'était pas un jour comme les autres. A l'extérieur, comme il ne tarda pas à le découvrir, il en allait tout autrement. A l'école, par exemple, les types n'envoyaient pas de cartes aux filles, sauf si c'étaient des cartes humoristiques d'un goût douteux portant des messages souvent pleins de vacheries.

Chez les autres, on ne parlait pas de la Saint-Valentin, aussi Victor gardait-il le silence sur ce qui se passait chez ses parents. Inutile de susciter les commentaires moqueurs. Il se distinguait déjà suffisamment comme ça, avec sa trop grande gentillesse, ses bonnes manières et son manque d'empressement à rosser les copains à la récré.

Plus tard, lors de son apprentissage au lycée technique pour devenir électricien, il constata que ses condisciples fêtaient la Saint-Valentin. A cette occasion, il y avait un bal mais on ne parlait que des filles qui seraient prêtes à... et de celles qui ne voudraient rien savoir. Victor, lui, ne parlait pas de ça, il trouvait que c'était trop personnel pour faire un sujet de conversation dans un pub. Ses condisciples finirent par ne plus le mettre dans leurs confidences.

Son premier patron n'avait guère de temps pour fêter la Saint-Valentin, qui n'était selon lui qu'une vaste foutaise commerciale.

A cette époque-là, Victor envoya une carte à une charmante jeune fille prénommée Harriet qui l'avait accompagné au cinéma à plusieurs reprises. Harriet sauta aussitôt sur le téléphone.

— Ecoute, Victor, je suis désolée mais il y a un malentendu. Je n'ai jamais eu l'intention de m'engager ou de me marier avec toi.

Victor s'inquiéta.

— Moi non plus, fit-il, pris de panique à cette idée.

— Alors pourquoi m'avoir envoyé une carte avec des roses et des violettes signée de ton nom ?

— Parce que c'est la Saint-Valentin.

— Mais tu as signé de ton propre nom. Alors

j'ai cru que tu avais une idée derrière la tête. Que tu voulais t'engager.

Harriet avait l'air folle de rage.

— Désolé, dit Victor humblement. Je ne recommencerai plus.

Mais évidemment il recommença lorsqu'il rencontra Muriel, qu'il trouvait à son goût.

Muriel lui dit sèchement qu'il aurait dû avoir le courage de déclarer sa flamme au lieu de se servir d'une carte et des vers écrits par quelqu'un d'autre. Elle ne leur voyait aucun avenir. Elle était désolée.

Victor en conclut qu'il ne savait pas s'y prendre avec les femmes. Il sortait à l'occasion avec les unes ou les autres, il avait une vie sociale ; de temps en temps même, il avait une petite aventure, mais cela ne le menait nulle part. Par ailleurs, c'était un excellent électricien. Comme il était d'un commerce agréable et extrêmement compétent, il put bientôt se passer de patron et monta sa propre entreprise. Grâce à un téléphone portable, à une carte de visite et au bouche-à-oreille, Victor eut bientôt plus de clients qu'il ne pouvait en satisfaire.

Parfois ces derniers lui posaient des questions sur sa vie privée.

— Je n'ai jamais rencontré l'âme sœur, disait-il, et je suis un romantique à tout crin. Les filles ne me prennent pas au sérieux, c'est bizarre, non ?

Il avait trente-huit ans, les cheveux en bataille,

un sourire chaleureux. Les gens n'arrivaient pas à le croire. Ils pensaient qu'il avait une vie privée très mouvementée dont il préférait ne pas parler.

Les gens aimaient bien Victor et ils se confiaient volontiers à lui. Et lui de son côté ne détestait pas les écouter parce qu'il se sentait seul. Il aurait adoré avoir quelqu'un avec qui passer le week-end ou voyager.

Victor avait mis de l'argent de côté pour s'offrir des vacances. Mais partir seul, ce n'était pas pareil. Aussi aimait-il bavarder avec ses clients. Comme ces jeunes gens qui allaient adopter un bébé et qui, le jour de l'arrivée de ce bébé, étaient tellement contents qu'ils invitèrent Victor à la petite fête organisée pour la circonstance.

— Vous êtes de la famille ? lui demanda-t-on.

— Non, mais j'ai refait toute l'électricité de la nursery, répondit-il.

Et de nouveau personne ne le crut.

Et puis il y avait l'homme qui n'osait avouer à sa femme qu'on l'avait viré à la suite d'une restructuration. Victor avait bu de nombreuses tasses de thé avec lui un jour qu'il était censé poser des prises.

Mais surtout il y avait la vieille Mme Todd.

Elle avait beaucoup de sympathie pour Victor. Elle lui parlait énormément de sa famille, de son fils Frank — tellement soucieux de son bien-être qu'il avait fait poser un système de sécurité doté d'un petit écran lui permettant de voir ses visiteurs avant de leur ouvrir. Mme Todd n'en avait pas voulu mais son fils avait insisté, déclarant que le monde était plein d'individus dangereux bourrés de mauvaises intentions.

Frank ne rendait pas souvent visite à sa vieille mère. Victor trouvait cela dommage. Mais il régnait à distance. Mme Todd dit que Frank lui avait formellement interdit d'inviter chez elle des étrangers à boire le café. Elle trouvait ça un peu raide mais Frank devait avoir ses raisons.

Victor songeait que Frank avait tout du casse-pieds autoritaire mais il avait trop de tact pour dévoiler le fond de sa pensée. La fille de Frank, Amy, était partie pour l'Australie dès qu'elle avait eu l'âge de mettre les voiles.

Mme Todd lui dit qu'Amy écrivait régulièrement. Elle habitait Sydney, travaillait chez un fleuriste et était très heureuse. Elle aurait voulu que sa grand-mère vienne la voir.

— Pourquoi ne pas y aller ? l'encouragea Victor.

Il était dans l'appartement de Mme Todd sous un prétexte futile. Ils savaient tous deux pertinemment que l'installation électrique était en parfait état mais la vieille dame se sentait très, très seule. Il s'arrangeait pour passer la voir à une heure qui lui convenait lorsqu'il se trouvait dans le quartier et elle lui versait une somme symbolique pour donner à leurs relations un semblant d'aspect professionnel.

— Je ne pourrais pas, et pour des tas de raisons, dit-elle. Je ne peux pas voyager seule et puis ce serait embarrassant. Amy ne s'entend pas avec son père. Alors, à supposer que je sois assez valide pour me rendre là-bas seule, mon séjour en Australie ne pourrait que causer des perturbations familiales. Il n'en est pas question.

Victor lui envoya une carte pour la Saint-Valentin mais, échaudé par ses expériences antérieures, il se garda bien de la signer.

Sa carte était sur la cheminée lorsqu'il passa éclaircir un prétendu problème d'électricité.

— Merci infiniment pour la carte, Victor.

— Qu'est-ce qui vous fait croire que c'est moi qui vous l'ai envoyée ?

— Mon défunt mari excepté, vous êtes l'être le plus romantique que je connaisse.

Les mois s'écoulèrent. Frank venait de moins en moins souvent mais lui donnait de plus en plus d'instructions.

Les lettres d'Amy se faisaient pressantes.

« Je t'en prie, viens, Grand-Mère, je veux te montrer l'Australie. Tu n'es pas vieille, tu es jeune de cœur. Je mets de l'argent de côté pour payer ton billet. »

Aux alentours de Noël, alors qu'il faisait froid et qu'il pleuvait à Londres, Victor prit une décision.

— Mme Todd, pourquoi n'irions-nous pas là-bas, vous et moi, au début de l'année prochaine ? Je vous accompagnerais jusque chez votre petite fille et j'irais visiter le bush. Peut-être que je louerai une voiture pour pousser jusqu'à Broken Hill. Ça me plairait beaucoup. Ensuite je reviendrais et je vous ramènerais en Angleterre.

Les yeux de la vieille dame s'emplirent de larmes.

— Comme c'est gentil à vous d'avoir eu cette idée. Cela suffit à mon bonheur, croyez-moi.

— Non, madame Todd, je vous assure que je ne me suis pas oublié dans l'histoire. J'ai toujours voulu aller en Australie. J'ai de l'argent de côté et je n'arrivais pas à me décider.

— Et Frank ?

— Frank devra se faire une raison.

— Non, Victor. C'est facile à dire, vous êtes jeune, mais je suis une vieille femme, je n'ai que lui. Jamais il n'acceptera de me laisser partir avec...

— Avec l'électricien, finit Victor.

— Oui, exactement.

— Dans ce cas, vous n'aurez qu'à dire que je suis un ami d'Amy.

Ils se sourirent. C'était le début de l'aventure.

Il ne lui fallut pas longtemps pour devenir un ami d'Amy. Ce fut même, grâce au courrier électronique, beaucoup plus rapide qu'il ne l'aurait cru. Tous les matins, il recevait un message d'elle. A Sydney, c'était le soir, et Victor lui en renvoyait un autre avant qu'elle n'aille se coucher. Petit à petit, ils mirent au point le subterfuge, inventèrent les circonstances de leur rencontre, la naissance de leur amitié. Leur imagination les ravissait.

Elle ne disait rien de franchement négatif concernant son père, toutefois elle laissait entendre qu'il y avait des gens qui ne seraient jamais sur la même longueur d'onde.

Frank fut mis au courant du voyage qui se préparait. Il souleva une foule d'objections qui toutes avaient été prévues par les trois conspirateurs, lesquels avaient déjà la parade. A trois contre un, Frank n'avait aucune chance de l'emporter.

Vint le jour où ils se retrouvèrent dans l'avion. Mme Todd et Victor éclatèrent de rire lorsque le steward les prit pour la mère et son fils.

— Pas du tout, nous sommes associés, lui expliqua Mme Todd.

Ils trinquèrent avec du vin australien pour se mettre dans l'ambiance. Ils dormirent. Ils se réveillèrent. Ils dormirent encore. Ils descendirent boire un café au Moyen-Orient, une bière à Singapour. Ni l'un ni l'autre ne trouvaient bizarre de se rendre ensemble à l'autre bout de la Terre.

Ils regardèrent des films, parcoururent des magazines, évoquèrent leur passé. Mme Todd parla à Victor de son époux qui avait été un homme merveilleux, très bon, qui lui apportait des fleurs tous les vendredis soir, la comparant elle-même à une fleur.

Victor parla à Mme Todd des jeunes filles qui avaient jalonné sa vie. Il lui dit qu'il était trop romantique mais que peut-être la chance tournerait. Il disait cela mais n'y croyait pas vraiment. En Australie, les gens étaient modernes, dynamiques, décidés, on le prendrait pour un vieux british ringard. Mme Todd lui affirma qu'il y avait des gens romantiques partout et qu'il devait se garder de généraliser.

Puis ce fut l'aube et ils aperçurent l'Opéra et le pont et tout ce dont ils avaient rêvé, puis l'avion atterrit. Une foule attendait au soleil.

Victor poussa Mme Todd dans son fauteuil roulant. Une jeune fille au sourire merveilleux leur faisait de grands signes. Short rose et lunettes de soleil, elle avait de longs cheveux noirs bouclés, des fossettes. Il comprit immédiatement que c'était Amy.

— Nous voilà !

— Enfin !

Mme Todd et sa petite-fille s'étreignirent. Elles s'embrassèrent, pleurèrent, se regardant avec étonnement. Autour d'eux, partout la même scène : les Australiens accueillaient leurs parents venus d'Angleterre. Victor l'électricien se tenait un peu en retrait. Au bout de quelques secondes, elles se tournèrent vers lui.

— Je vous présente Amy, dit Mme Todd avec fierté.

— Bienvenue en Australie, fit Amy avec un sourire éclatant.

Soudain il se mit à regretter d'avoir pris ses dispositions pour se rendre dans le bush. Certes ce serait passionnant et c'était une des raisons pour lesquelles il avait fait tout ce trajet. Mais Sydney semblait également plein de promesses et il n'avait prévu que trois jours pour voir la ville. Amy la leur fit visiter dans les règles. Elle les emmena jusqu'au fameux pont et leur fit faire une promenade en ferry pour examiner l'ouvrage de plus près. Elle considérait que rien n'était trop éreintant pour sa vieille grand-mère et elle n'avait pas tort. Elle les emmena dans des petits restaurants dont elle connaissait les propriétaires, des Grecs et des Italiens. Elle aimait cette ambiance cosmopolite.

— Londres est comme ça aussi, dit Victor.

— Oh Londres, fit Amy avec un haussement d'épaules.

— Les gens ne sont pas tous comme votre père, remarqua Victor sans pouvoir s'en empêcher.

Elle se contenta de sourire.

— Tant mieux.

Ils avaient fait semblant d'être de vieux amis

pour tromper son père. Mais déjà ils avaient l'impression d'en être. Il aurait bien aimé lui donner une carte de Saint-Valentin avant de partir visiter le bush et observer les autruches. Amy lui avait conseillé de faire attention aux kangourous au crépuscule car il leur arrivait de sauter brusquement devant le pare-brise des voitures. Seulement Victor se souvenait des nombreuses fois où ses cartes avaient été mal interprétées.

Peut-être qu'il trouverait un koala avec des cœurs. Mais pourquoi envoyer une carte humoristique ? Franchement, il ne comprenait pas le pourquoi de cet humour.

Il aurait voulu la remercier d'avoir illuminé sa vie. Dire cela sérieusement, sans le tourner à la blague.

Lorsqu'il alla lui dire au revoir, Amy lui tendit une rose rouge accompagnée d'une carte sur laquelle on pouvait lire : « Vous allez me manquer, Victor. »

Lorsqu'il retrouva l'usage de la parole, il lui dit :

— Je n'ai peut-être pas besoin de m'absenter aussi longtemps.

Et Amy de répondre :

— Je me disais qu'on pourrait peut-être vous accompagner.

Traduit par Dominique Wattwiller

La croisée des chemins

Martin tripotait rageusement le combiné. Il ne se sentait pas sûr de lui dans le monde peu familier des arts où il allait désormais évoluer. Il était déjà assez stressé comme ça sans avoir encore à prendre congé d'Angie dans des conditions aussi frustrantes. La belle Angie, pourquoi ne s'était-elle pas levée et n'avait-elle pas enfilé une tenue décontractée ? Pourquoi ne lui avait-elle pas proposé de le conduire à l'aéroport où ils auraient pris un café et un croissant ? Ç'aurait été tellement bien. Ça l'aurait rassuré d'être avec Angie, de se perdre dans la contemplation de ses grands yeux noirs, de surprendre les regards envieux des passants qui admiraient cette fille sublime à la crinière somptueuse et au lent sourire paresseux. Il se serait senti beaucoup plus à l'aise pour affronter la réunion à laquelle il se rendait. Tandis que là, il était nerveux comme une puce.

La cabine téléphonique voisine était occupée par l'une de ces femmes d'affaires qui avaient le don de l'horripiler. Cheveux courts, tailleur masculin, attaché-case austère, maquillage purement utilitaire, montre en or accrochée au revers de la veste. Tout dans sa tenue proclamait qu'elle se sentait l'égale des hommes dans un monde d'hommes. Elle avait une discussion manifestement animée au téléphone. Sans doute criait-elle pour le simple plaisir de crier. Il allait laisser encore trois minutes à Angie et recomposer le numéro. Jamais elle ne restait si longtemps au téléphone. Encore moins à neuf heures et demie du matin.

Kay aurait aimé que son voisin de cabine cesse de la dévisager. Elle avait suffisamment d'ennuis avec Henry qui la gratifiait d'une des scènes dont il avait le secret. Pourtant elle lui avait expliqué à maintes reprises combien c'était important pour elle de se rendre à cette foire et qu'il lui fallait être là-bas un jour à l'avance de façon à superviser la mise en place du stand, s'assurer que celui-ci correspondait bien à celui qu'ils avaient loué, vérifier l'éclairage, faire connaissance avec ses voisins de façon à pouvoir éventuellement leur demander un coup de main une fois que les portes du salon ouvriraient et que les affaires commenceraient. Henry lui avait affirmé qu'il comprenait, mais ça c'était hier ; aujourd'hui il était de nouveau d'humeur exécrable.

Kay devait s'absenter cinq jours. Elle avait horreur de le laisser comme ça. Mais il avait tellement peu de raisons de se plaindre de son absence. Il n'avait rien à craindre de ce déplacement. Elle serait beaucoup trop épuisée pour avoir envie de mettre le nez dehors au terme d'une longue journée. Tout ce qui lui ferait plaisir, ce serait une petite conversation téléphonique, s'entendre dire qu'il l'aimait, qu'il se débrouillait bien sans elle mais pas si bien que ça quand même et qu'il avait hâte que vendredi arrive. Elle l'avait appelé au bureau pour essayer de dissiper sa mauvaise humeur naissante. Mais ç'avait été une erreur. Henry lui avait fait part de sa désapprobation en termes bien sentis.

Elle avait fait un choix. Elle avait décidé de passer un jour supplémentaire au salon et renoncé à l'accompagner à la réception au bureau. C'était simple, elle n'avait qu'à assumer les conséquences.

— Quelles conséquences ? hurla Kay en tournant le dos à son voisin de cabine auquel elle trouvait l'air faussement bohème.

Ce type était beau mais à la façon d'un tas d'acteurs et de gens du show-biz. Maniéré, tripotant sa cravate avec ostentation. Le genre d'homme qu'elle détestait par-dessus tout. Mais il devenait de plus en plus difficile de parler à Henry, le type d'homme qu'elle admirait le plus. Il ne faisait plus preuve d'aucune des qualités qui lui avaient plu lorsqu'elle l'avait rencontré. Il lui fit remarquer que si elle ne se donnait pas la peine de l'accompagner à l'occasion du cocktail organisé par sa société, il se considérerait comme totalement libre de ses mouvements et se comporterait en célibataire.

— Mais c'est du chantage, fit Kay, honteuse de s'entendre réagir comme une adolescente.

— La solution est entre tes mains, lui rétorqua froidement Henry. Reviens tout de suite et je tire un trait sur l'incident.

Elle raccrocha sans un mot.

Martin se disait que le sommeil d'Angie était capital. Elle était mannequin, son visage devait être frais et lisse comme une rose. Elle avait dû décrocher le combiné. Son regard s'éclaira et s'assombrit de nouveau lorsqu'il se rappela que, en l'embrassant pour lui dire au revoir, il lui avait dit qu'il l'appellerait de l'aéroport et qu'elle avait répondu que ce serait génial. Dans ce cas, pourquoi l'avait-elle privé de la possibilité de la joindre ?

Perdus dans leurs pensées, ni Martin ni Kay ne s'aperçurent qu'ils étaient assis l'un à côté de l'autre dans l'avion. Ils s'entre-regardèrent sans plaisir. Martin sortit le compte rendu compliqué qu'il allait devoir présenter à différentes organisations culturelles et troupes de théâtre, lesquelles ne manqueraient pas de le considérer comme un béotien et un rustaud. Kay s'était plongée dans un rapport sur le salon de l'année précédente. Occasions manquées, contacts qui n'avaient pas abouti, relances demeurées vaines. Leurs coudes se touchaient imperceptiblement. Mais ils ne se prêtaient pas la moindre attention. De temps en temps, ils relevaient le nez de leurs dossiers. Martin pensait aux multiples fois où il avait accompagné Angie à ses rendez-vous et Kay évoquait le nombre de cocktails et de réceptions qui s'étaient déroulés dans son entreprise auxquels Henry avait refusé d'assister sans même la moindre excuse.

Au-dessus des nuages, le ciel était bleu et clair. Kay se détendit, la tension l'abandonna quelque peu. Ils étaient bien loin des complications et de l'agitation qu'ils avaient laissées derrière eux. Immeubles, circulation automobile, précipitation, pince-fesses d'entreprise. Elle respira bien à fond, souhaitant pouvoir rester indéfiniment dans le bleu du ciel.

A cet instant même, Martin poussa un soupir lui aussi et, avec une expression aimable sur sa physionomie qui ne l'avait guère été jusque-là, il marmonna que c'était dommage de ne pouvoir rester à cette altitude.

— Exactement ce que j'étais en train de me dire, fit Kay, surprise.

Ils se mirent à bavarder. Il lui parla des problèmes qui l'attendaient. Il allait devoir convaincre une bande d'artistes idéalistes qu'il n'était pas dépêché par l'administration pour leur couper les vivres. Il s'était efforcé de s'habiller comme un homme de spectacle, persuadé qu'autrement on le prendrait pour un balourd et un vulgaire costard-cravate, ce qui était à peine plus flatteur que d'être pris pour un pédophile. Elle lui confia que sa société n'avait pas fait d'étincelles au salon l'an dernier. Que c'était la première année qu'elle occupait ce poste de responsabilité. Nombreux étaient les collègues qui l'attendaient au tournant et espéraient qu'elle échouerait, et elle craignait de leur donner raison. Elle savait qu'ils s'imaginaient qu'elle avait décroché le poste grâce à son charme, aussi s'habillait-elle de façon aussi rébarbative que possible afin de leur démontrer qu'elle n'était pas frivole.

Bref, ils sympathisèrent. Martin se risqua à lui dire ce qu'Henry ne s'était jamais donné la peine de lui faire remarquer, qu'elle en faisait peut-être trop, qu'elle se donnait l'air trop sévère, trop impressionnant.

De son côté, Kay osa dire à Martin — ce qu'Angie n'avait jamais fait — que sa cravate était peut-être un peu trop extravagante. Qu'elle risquait de donner à ses interlocuteurs l'impression qu'il s'était déguisé pour venir les voir.

Dans le bleu du ciel, ils restèrent silencieux. Silence confortable, convivial. Martin en profita pour songer qu'Angie se fichait pas mal de lui si ça se trouvait, qu'elle ne s'intéressait qu'à son visage, aux couvertures des magazines pour lesquels elle posait et aux contrats que son agent lui décrochait. Il lui passerait un coup de fil lorsqu'ils atterriraient. Un coup de fil joyeux, il ne l'accuserait pas d'avoir décroché le combiné. Il ne l'accablerait pas de récriminations. Elle lui souhaiterait bonne chance et il prendrait les choses beaucoup moins à cœur.

Kay se demanda si Henry, comme il l'en avait menacée, envisageait sérieusement d'avoir une liaison. Serait-elle très ennuyée s'il mettait sa menace à exécution ? Elle décida de téléphoner à la secrétaire d'Henry pour lui dire combien elle était désolée de ne pouvoir assister à la soirée mais que malheureusement pour elle le travail passait avant les réjouissances. Elle lui demanderait de ne surtout pas déranger Henry mais insisterait pour que son message lui soit transmis. C'était une façon plutôt formelle de traiter le problème, pas une façon aimable. Mais à ce stade, Kay ne se sentait pas en veine d'amabilités.

Au même instant, Martin et elle s'arrachèrent à leurs pensées et recommencèrent à bavarder. Ils ne mentionnèrent ni Angie ni Henry mais parlèrent stratégie et se prodiguèrent des encouragements.

Kay incita Martin à se montrer direct avec ses interlocuteurs, à leur annoncer d'entrée de jeu qu'une partie des vivres leur était coupée et à essayer ensuite de leur remonter petit à petit le moral en leur donnant des nouvelles moins négatives. Martin conseilla à Kay de faire part à ses collègues des espoirs qu'elle formait pour le succès de la boîte et de les laisser penser qu'ils y seraient pour quelque chose. Lorsqu'ils descendirent d'avion, ils étaient comme deux amis. Martin songea à lui demander son nom mais se ravisa de peur d'avoir l'air condescendant. Kay se demanda si elle n'allait pas lui donner sa carte mais craignit de se comporter en femme cadre stéréotypée.

Il y avait une batterie de téléphones devant eux aux arrivées. Ils se dirigèrent de ce côté.

Kay s'arrêta, la main sur le récepteur. Dans la cabine voisine, elle vit Martin hésiter au lieu de tripoter le téléphone. A travers la cloison transparente, ils se sourirent.

Il a l'air moins triste, songea-t-elle. Elle est vraiment bien sa veste en velours.

Elle est élégante malgré son uniforme, se dit-il.

Ni l'un ni l'autre ne téléphonèrent.

Mais il était trop tôt pour prendre des décisions. Ils avaient du pain sur la planche. S'ils se rencontraient de nouveau, ils verraient. Ils se souhaitèrent bonne chance et prirent chacun un taxi. En s'installant sur la banquette, ils donnèrent au chauffeur le nom du même hôtel.

Traduit par Dominique Wattwiller

Vacances avec son père

Rose regarda la femme qui tenait deux gobelets de café. Elle avait ce visage bienveillant que l'on associe toujours aux bonnes œuvres. Des sourires comme celui-là, Rose en avait vu des tas qui vendaient de la confiture dans les kermesses, qui se penchaient au-dessus des lits d'hôpital ou tendaient des troncs pour la quête. La femme se dirigea vers un vieil homme emmitouflé dans un épais manteau bien que le temps fût clément et la cafétéria de la gare Victoria correctement chauffée.

— On devrait se dépêcher de l'avaler, Papa, dit la femme dans un sourire. Si on attend trop longtemps, le carton se ramollit et le café finit par avoir un goût horrible.

Il but docilement et déclara que ce n'était pas si mauvais. Il avait lui aussi un sourire avenant. Soudain, sans raison, il rappela à Rose son propre père. La femme tendit au vieil homme un journal et une loupe et lui dit de ne pas s'inquiéter, qu'elle surveillait la pendule, qu'ils avaient largement le temps de rejoindre le quai avant l'heure du départ. Rassuré, il se plongea dans sa lecture et la femme dans la sienne. Rose s'en alla, ravie d'avoir assisté à une scène aussi charmante dans une cafétéria — lieu généralement de scènes déprimantes de tristesse et où pullulaient les couples d'un certain âge qui contemplaient le vide sans échanger une parole.

Elle regarda les étiquettes des valises. Leur destination ? Amsterdam. Le nom de l'hôtel avait été soigneusement dactylographié. Les bagages étaient munis de roulettes. Rose se dit que cette femme était manifestement une organisatrice hors pair. Rien n'avait été laissé au hasard, le déplacement avait été préparé avec soin.

La femme portait une alliance toute simple. C'était peut-être une veuve. Ou alors peut-être que son mari l'avait plaquée pour une créature vulgaire à caractère de chien. Ou bien encore, ayant laissé mari et enfants à la maison, cette femme emmenait son père à Amsterdam pour lui remonter le moral. Rose inventa toutes sortes d'explications et décida finalement que le mari avait trouvé la mort dans un accident horrible, qu'elle avait supporté le choc avec courage, travaillait pour une organisation humanitaire et qu'elle et son père passaient les vacances dans une capitale européenne différente chaque année.

Si le snack avait été plus confortable, elle leur

aurait peut-être adressé la parole. Ce n'étaient pas des gens à vous snober ou à fuir le dialogue. Mais il aurait fallu pour cela qu'elle se déplace avec tous ses bagages et cela lui sembla un tracas inutile. Mieux valait les laisser lire tranquilles, laisser la femme jeter un coup d'œil de temps en temps à l'horloge, les laisser partir sans précipitation. Toutes leurs petites affaires soigneusement rangées dans leurs deux valises à roulettes. Lentement, ils se dirigèrent vers un train en partance pour la côte sud. Rose fut désolée de les voir abandonner les lieux. Quatre étudiants allemands les remplacèrent. Jeunes, costauds, blonds, ils étalèrent leur monnaie sur la table et se mirent à la compter afin de savoir combien il leur restait à dépenser. Ils ne lui semblaient pas aussi réels.

Partir en villégiature avec son père avait quelque chose de rassurant. C'était une façon de le remercier, de lui dire qu'il ne s'était pas décarcassé pour rien. Que son mariage, la naissance de sa fille, les économies qu'il avait patiemment réunies pour l'élever et les espoirs qu'il avait fondés en elle n'avaient pas été inutiles. C'était une façon délicate de lui rendre la monnaie de sa pièce que d'emmener son père visiter des villes étrangères, car les choses avaient bien changé depuis sa jeunesse. Aujourd'hui, les jeunes gens se promenaient de capitale en capitale comme s'il s'agissait d'un jeu d'enfant. Mais à l'époque, c'était encore une expédition que de s'aventurer à l'étranger.

Elle se demanda comment son père réagirait si elle lui proposait de l'emmener en voyage. Brièvement, parce qu'elle connaissait la réponse.

« Rose, ma chérie, c'est très gentil mais je suis trop vieux. »

Elle lui dirait que la question n'était pas là, qu'il n'était pas vieux : il avait à peine soixante ans. Et puis Paris ne pouvait pas avoir changé à ce point depuis que sa femme et lui y avaient passé leur lune de miel. Il lui objecterait ensuite qu'il avait beaucoup de travail en retard, qu'il lui était impossible de s'échapper, et si elle lui faisait remarquer qu'il n'en avait pas tant que ça, qu'il aurait le temps de se mettre à jour vu qu'il rentrait toujours à des heures impossibles de la banque... alors il rétorquerait qu'il avait vu l'Europe sous son meilleur jour, à l'époque où elle était glorieuse, et qu'il préférait ne pas y retourner maintenant.

Et pourtant il adorerait y retourner, il adorerait ça, Rose en était certaine. Il avait conservé les albums de photos et de souvenirs confectionnés sur Paris juste avant la guerre. Elle avait grandi avec ces livres bruns, ces photos sépia, ces souvenirs, ces publicités, ces plans soigneusement annotés sur lesquels il dessinait les trajets qu'il avait empruntés pour aller à Montmartre et en revenir. Il ne parlait pas très bien la langue mais il se débrouillait et il raffolait de tout ce qui était français. Pour lui, les Français étaient une race très civilisée.

A cette minute même, la femme souriante et son père devaient quitter la gare. Peut-être se montraient-ils du doigt le paysage à mesure que le train prenait de la vitesse. Une vague de jalousie submergea Rose. Pourquoi cette femme ordinaire, son aînée de dix ans à peine, était-elle avec son père, à lui parler, lui raconter des anecdotes, visiter des villes avec lui, lui commander des repas, prendre des photos ? Pourquoi pouvait-elle faire tout cela alors que le père de Rose refusait de bouger de sa chaise longue pendant ses trois semaines de vacances ? Quant à la semaine qu'il prenait en hiver, il en profitait pour lire.

Pourquoi un homme charmant comme son père n'avait-il nulle part où aller après tout ce qu'il avait fait pour Rose et pour autrui ? Rose sentit monter à ses yeux des larmes de rage.

Elle se souvint de la première fois où elle était allée à Paris, et se rappela combien cela avait passionné son père. Fasciné, il s'était mis à lui citer des noms d'hôtels pour le cas où elle serait en panne et à lui expliquer comment s'y rendre. A vingt ans, elle avait été impatiente, intolérante, agacée de voir qu'il se figurait que rien n'avait bougé depuis son époque. C'est à peine si elle avait écouté ses conseils. Elle avait hâte que prennent fin ces voyages réalisés par albums interposés. Elle avait été furieuse de devoir s'embarrasser de toutes ses notes. Arrivée dans la capitale, elle ne les avait pas consultées une seule fois. Mais elle n'avait que vingt ans alors ; et chacun sait qu'à vingt ans on n'est pas patient. Maintenant elle en avait dix de plus. Elle était allée à Paris à de nombreuses reprises et, parce qu'elle était nettement moins impatiente, elle avait réussi à trouver le temps de visiter certains des lieux de prédilection de son père. Des endroits bien ternes, du moins pour ceux qui existaient encore. Seulement cette fois elle avait eu la gentillesse de les photographier et il avait passé des heures formidables à examiner les clichés, à les comparer aux anciens avec des petits bruits d'étonnement et des hochements de tête de stupeur en apprenant que la vieille boulangerie avait disparu ou que la grande rue bordée d'arbres était maintenant une artère à quatre voies.

De son vivant, Maman avait elle aussi étudié les photos, poussé des exclamations et feint de s'intéresser à tout cela. Feint seulement, car ce qui l'intéressait, c'était faire plaisir à Papa.

Après la mort de Maman, un certain nombre de gens avaient demandé à Papa pourquoi il ne voyageait pas. Pas tout de suite après l'enterrement, bien sûr, des mois après.

« Pourquoi ne pas envisager un séjour à l'étranger ? lui disaient ses amis. Souvenez-vous des endroits que vous avez visités en France. Ce serait bien d'y retourner, ce serait agréable. »

Papa souriait, non sans tristesse ; il était si gentil, si discret, songea Rose, dont les yeux s'emplirent de nouveau de larmes. Il n'était pas du genre à faire le forcing. A la banque, il ne se faisait pas remarquer, c'est pour ça qu'il n'était jamais passé chef de service. Il n'avait pas bronché lorsqu'on avait construit des immeubles autour de son pavillon, ce qui faisait que son ravissant jardin — sa fierté et sa joie — était maintenant le point de mire de douzaines de studios. Il n'avait pas cherché à lui mettre des bâtons dans les roues lorsque Rose lui avait annoncé son intention d'épouser Gus. Si seulement Papa s'était montré un peu plus directif, un peu plus autoritaire... S'il lui avait fait remarquer que Gus était un goujat et un séducteur, l'aurait-elle écouté ? Ou cela ne l'aurait-il pas plutôt confortée dans sa décision de se marier avec ce chenapan ? Peut-être que des paroles fermes lui auraient donné à réfléchir suffisamment pour lui permettre de se raviser. Pour s'éviter les deux années de calvaire du mariage suivies de deux autres années passées à obtenir le divorce. Mais Papa s'était abstenu. Il lui avait simplement dit qu'il était d'accord et lui avait souhaité beaucoup de bonheur. Il leur avait fait un cadeau de mariage qui lui avait coûté les yeux de la tête, et Gus l'avait remercié du bout des dents. Gus trouvait Papa assommant comme la pluie. Papa, lui, avait été avec Gus d'une politesse sans faille et d'une gentillesse à l'avenant. Gus parti, Rose était retournée vivre chez son père. L'endroit était calme malgré les résidences qui surplombaient le jardin. Papa faisait le ménage dans son petit bureau et lavait les casseroles lorsqu'il se préparait à dîner. Ils prenaient rarement leurs repas ensemble car Rose avait des horaires tout à fait irréguliers étant donné qu'elle voyageait beaucoup, et Papa avait l'habitude de lire en dînant. Et puis il se mettait à table vraiment très tôt. Lorsqu'elle sortait le soir, elle ne lui fournissait jamais d'explications, et lui ne posait pas de questions. Et quand par hasard elle lui racontait ses aventures, il l'écoutait avec intérêt.

Ce matin, Rose partait pour Paris afin d'aller chercher des catalogues. C'était un travail qui pouvait durer une semaine si on le faisait correctement, ou vingt-quatre heures si on se contentait de ramasser les cinquante premiers catalogues qui vous tombaient sous les yeux. Elle en avait parlé à Papa. Il s'était montré intéressé et avait sorti ses albums pour voir dans quel coin se trouvait le nouvel aéroport et quels quartiers Rose traverserait en autobus pour se rendre dans le centre. Il avait passé une bonne demi-heure à compulser sa documentation sous le regard de Rose qui se demandait pourquoi il n'y retournait pas.

Soudain elle se dit qu'elle tenait la réponse. C'était parce qu'il n'avait personne avec qui partir. C'était un grand timide. Un homme qui s'excusait quand on lui marchait sur le pied, un spécimen de cette moitié de l'humanité qui répond par de la politesse quand l'autre se montre grossière. Ces êtres-là sont souvent mal à l'aise dès qu'il s'agit d'entreprendre un périple en solitaire. Rose songea à la femme souriante et à l'homme qui devait avoir dix à quinze ans de plus que son père ; ce soir, ils dîneraient dans un restaurant hollandais. Alors que Papa mangerait des œufs brouillés et soignerait ses roses, et que Rose bâillerait dans un restaurant français, s'efforçant de ne pas avoir l'air de rendre ses sourires à quelque libidineux sur le retour. Pourquoi Papa ne l'accompagnait-il pas ? C'était sa faute. Depuis que Maman était morte sept ans plus tôt, Rose avait effectué une trentaine de déplacements à l'étranger et pas une seule fois elle n'avait invité son père à se joindre à elle. La femme souriante, elle, ne vivait pas dans une tour d'ivoire égoïste.

Renversant presque la table, elle se précipita hors de la cafétéria, sauta dans un taxi, direction la maison. Elle trouva son père en cardigan dans le jardin. Il se grattait la tête tout en suçant sa pipe — parfait prototype du père aimable et avenant. En la voyant, il se mit dans tous ses états. Pourquoi avait-elle changé d'avis ? Il était très inquiet. Rose n'était pas du genre à obéir à une impulsion. Rose réfléchissait. Est-ce qu'elle lui disait vraiment toute la vérité, est-ce qu'elle n'aurait pas eu un malaise, des ennuis ?

Ils n'étaient pas du style à s'étreindre ou à s'embrasser. Plutôt à se tapoter la main. Rose tapotait l'épaule de son père et lui disait : « J'y vais, maintenant, Papa. » Le soir, lorsqu'elle rentrait au pavillon, son père l'accueillait en lui tapotant le bras avec vigueur. Son air inquiet, désorienté au milieu de ses outils de jardinage était presque insupportable.

— Viens, Papa, on va boire une tasse de thé, proposa-t-elle, éprouvant le besoin de faire diversion et de se pencher au-dessus de la bouilloire, de l'évier, histoire de se donner une contenance.

Elle l'entendit marcher derrière elle en traînant les pieds, signe qu'il était soucieux, préoccupé. Il ne voulait pas se montrer trop curieux mais manifestement il semblait se dire qu'un changement de programme aussi abrupt était synonyme de mauvaise nouvelle.

— Tu n'as rien de prévu pendant tes vacances, Papa, non ? finit-elle par dire en se redressant.

Cette fois, il s'alarma carrément.

— Rose, ma chérie, que se passe-t-il ? Tu dois aller à l'hôpital ? Il y a quelque chose qui ne va pas ? J'aimerais mieux que tu me le dises.

Quel homme étrange... Existait-il beaucoup de filles qui ne se disputaient jamais avec leur père ? Y avait-il beaucoup de pères qui étaient toujours disposés à encourager leurs enfants, à se réjouir de ce qui leur arrivait de bien, à chasser de leur esprit ce qui était mauvais, désagréable ?

— Rien, Papa, rien. Mais je me disais que c'était idiot d'aller seule à Paris, de descendre à l'hôtel et de lire un livre, pendant que tu restes là, plongé dans ton journal. Tu ne crois pas que ça serait bien si on partait ensemble ? Comme lorsque... lorsque je prends le train pour Gatwick... ou alors on pourrait descendre en train sur la côte et emprunter le ferry.

Il la regarda, la tasse à mi-chemin de ses lèvres.

— Mais pourquoi, ma grande ? Pourquoi cette suggestion ?

Il avait rarement eu l'air aussi désarçonné, on aurait dit qu'elle lui demandait de quitter la planète.

— Tu me parles souvent de Paris. Paris revient fréquemment dans nos conversations. Pourquoi n'y allons-nous pas ensemble pour comparer nos expériences au retour ?

Elle l'examina, il avait l'air si ahuri qu'elle aurait voulu se mettre à crier. Pourquoi n'avait-il pas l'air plus désireux de la suivre ? On lui demandait de participer au match. Pas de jouer les timides qui n'arrivent pas à croire qu'ils ont été sélectionnés dans l'équipe de foot du collège.

— Ça serait bien, on pourrait sortir, dîner au restaurant, pousser jusqu'à Montmartre, prendre le trajet que tu prenais au bon vieux temps.

Refaire le parcours que tu suivais au temps de ta jeunesse.

Il la regarda, effrayé, pris au piège. Il était si bon, il voyait bien que sa proposition était sérieuse. Et il se demandait comment la décliner sans la froisser. Elle savait que si elle voulait qu'il la suive, il lui fallait insister, lui faire comprendre que c'était pour elle plus que pour lui qu'elle désirait entreprendre ce voyage.

— Tu sais, Papa, je me sens souvent très seule à Paris, surtout le soir quand je me remémore tout ce que tu me racontais sur la façon dont vous...

Elle s'arrêta, il avait l'air d'un animal acculé.

— Tu n'aimerais pas venir ? dit-elle d'un ton moins pressant.

— Un jour, oui, je ne dis pas. J'aimerais bien aller à Paris. Rien ne me plairait davantage. Mais je ne peux pas partir en catastrophe comme ça, je ne peux pas tout laisser tomber, me précipiter là-bas.

— Et pourquoi, Papa ? fit-elle d'un ton suppliant.

Elle savait qu'elle était en train de faire quelque chose de dangereux : on ne se laisse pas aller à des impulsions. En temps normal, jamais elle n'aurait quitté la gare de cette façon. Elle se montrait sous un jour inhabituel ; la fille équilibrée qu'elle était d'ordinaire avait disparu.

Et puis elle le provoquait, elle le poussait dans ses retranchements, insistant pour savoir ce qui l'empêchait de venir. S'il n'avait pas d'explication valable à lui fournir, c'est qu'il appartenait à cette race de gens qui prétendent désirer une chose mais sont incapables d'agir pour l'obtenir. Elle était en train de modifier la nature de ses rêves. Comment oserait-il encore sortir ses albums et lui montrer les itinéraires sur les plans s'il refusait d'aller sur le terrain, de faire le voyage en grandeur réelle ?

— Tu n'as rien à ton programme, Papa, c'est le moment idéal. On fait tes valises. Je demande aux voisins de jeter un œil chez nous, on dit au livreur de lait et au livreur de journaux qu'on s'absente, un point c'est tout. Demain soir on se retrouve à Paris, demain après-midi on emprunte le trajet que toi-même tu as emprunté dans le temps, celui dont tu me parlais ce matin encore.

— Mais Rose... mes affaires... je ne peux pas tout planter là... tu t'en rends compte, j'espère.

A deux reprises, il lui avait parlé des affaires qu'il ne pouvait laisser en rade. Or en réalité il n'y avait rien qu'il ne pût abandonner. Rien ne le retenait chez lui. Tout au plus cesserait-il de se gratter la tête en se demandant comment combattre la maladie qui jaunissait les feuilles des rosiers. Pauvre Papa, des soucis de jardinier, tu ne vois pas que c'est tout ce que tu laisses derrière toi ? Mais si tu n'en as pas conscience et que je pointe le doigt dessus, n'est-ce pas une façon de souligner l'inanité de ton existence ? Pas question de te faire des remarques pareilles. Tu t'es promené dans cette maison en me portant dans tes bras des nuits entières quand j'étais bébé, lorsque je pleurais, tu m'as offert des cours de diction pour que je puisse m'exprimer correctement, tu as organisé ce déjeuner de mariage que Gus a trouvé minable, tu as souri, levé ton verre de champagne en disant : « Ta mère aurait aimé être là ; le mariage d'une fille, c'est une étape importante. » Pas question que je te dise que ta vie est un néant.

La femme au beau sourire et son père devaient être à Folkestone, Douvres ou Newhaven lorsque Rose déclara à son père qu'évidemment il avait raison, qu'elle avait eu une idée complètement folle, qu'ils verraient plus tard. Mais il fallait vraiment qu'ils aillent à Paris et à son retour, cette fois-ci, ils en parleraient sérieusement. Peut-être pourraient-ils faire le voyage l'été prochain.

— Ou quand je prendrai ma retraite, dit le père de Rose en retrouvant des couleurs. Quand je serai à la retraite, j'aurai tout le temps de m'organiser.

— Excellente idée, Papa. Très bonne idée. On va mettre ça à notre programme pour quand tu seras à la retraite.

Il se mit à sourire. Sauvé. L'espoir renaissait.

— Au lieu de tirer des plans sur la comète, on envisagera ce déplacement comme un projet à réaliser dans un avenir proche. C'est plus astucieux.

— Vraiment, Rose ? Ce serait une excellente formule, fit-il en la dévisageant.

— C'est beaucoup mieux comme ça, conclut-elle en se demandant pourquoi il fallait si souvent mentir aux êtres que l'on aimait.

Traduit par Dominique Wattwiller

Achevé d'imprimer en mai 2000
sur presse Cameron
par ***Bussière Camedan Imprimeries***
à Saint-Amand-Montrond (Cher)

N° d'édition : 6828. N° d'impression : 002421/1.
Dépôt légal : juin 2000.

Imprimé en France